「そ、それで？　どうして、
マリンがここにいるのかな……」
「どうしたも、こうしたもありませんわ。
ファーシード公爵の脳足りんのせいで
廃嫡されたクレオを、
連れ戻しにきたに他なりません」
マリン・シンデリウス

「悪いね、クリス。ボクは――」
「なに……!?」
「ボクは呪術もちょっとだけ得意なんだ」

クレオVS暗殺者クリス
「貴様、解呪したのか!?
——私の傀儡術を!!」

「貴様も、私を憐れむのか！
薄汚れ、惨めに死したに
過ぎない『あの女』のように！
公爵家を廃嫡された出来損ないの、
貴様ごときが⁉」
「カオン、終わりにしよう」

万年2位だからと勘当された少年、無自覚に無双する

The boy in unconscious invincible

著 あざね　ill. ZEN

2

contents

デザイン／百足屋ユウコ+フクシマナオ（ムシカゴグラフィクス）

The boy in unconscious invincible

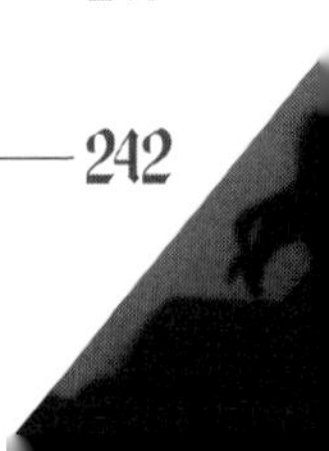

プロローグ　それは幼い日の思い出。

『うぐ、えぐっ……！』
少女は一人で泣いていた。
少女は、いつも一人だったから。
友達はおらず、いつも一人で泣いていることしか出来なかった。
『キミはどうして、そこで泣いているの？』
『え……？』
そんな時だった。
一人の少年が、その少女に声をかけてきた。
『みんな、あっちで遊んでるよ？　一緒に行こう』
『で、でも……わたくし、は……』
少年は手を差し伸べる。
しかし、それでも彼女は素直に頷《うなず》けなかった。

理由は一つ。この少女は、その家柄のせいで酷いイジメに遭っていたのだ。過去に廃嫡となった者のせいで、他の貴族からは鼻摘まみ者にされていた。

それでも、この頃の二人には、その理由など分からない。


少女は自分が悪いのだ、と思った。

少年は周囲が悪いのだ、と思った。


ただそれだけのこと。

子供たちの善悪など結局、あやふやなものなのだから。


『行こうよ！　――ボクの名前は、クレオ・ファーシード！』


無邪気な笑みを浮かべて、少年はそう名乗った。

少女はそんな彼を見て、その眩《まぶ》しさを見て、思わず息を呑《の》んだ。あまりにも輝かしいその存在感に、一瞬で魅了されたのだと、子供ながらに理解する。

『キミの、名前は……？』

『わ、わたくしは――』

その光に、少女はおずおずと手を伸ばした。
そして——。
『マリン・シンデリウス、ですわ……』
少年がそれを摑《つか》む。
座り込んだままの彼女を引き起こして、また満面の笑みを浮かべた。
『行こう、マリン！』
少年——クレオに手を引かれて、マリンは走り出す。
これがきっと、彼女にとっての始まりだったのかもしれない。

◆

「そ、それで？　どうして、マリンがここにいるのかな……」

「どうしたも、こうしたもありませんわ。ファーシード公爵の脳足りんのせいで廃嫡されたクレオを、連れ戻しにきたに他なりません」

「あ〜、やっぱりそういうことなんだ……」

ボクは談話室の椅子に足と腕を組んで座る少女を見て、思わず苦笑いした。

なんとなくそんな気はしていたけど、どうやらマリンはボクをファーシードの家に連れて戻るつもり、らしい。というか、父を脳足りん扱いって。

まぁ、それは今どうでも良いので、置いておこう。

「でも、どうしてマリンがボクを？」

気持ちを切り替えて訊《き》くと、彼女はこう答えた。

「それは、わたくしがクレオの婚約者だか――」

「うん。それは違うね？」

ボクは食い気味に、笑顔で否定する。

断っておくが、昔馴染《なじ》みなだけで彼女との間にそんな取り決めはない。

マリンには悪いが言っておくと、いつ頃からか、彼女の方から一方的にそう言い出したのだ。学園時代はそれで、何度となくネタにされた。

「むぅ……」

こちらの言葉に、子供っぽく膨れ面になるマリン。

普段は大人ぶっているのに、こういう時だけ妙に子供っぽいのだ。

「それで、戻りますの？　どう致しますの？」

「それは――」

そして、そのままの口調で彼女はそう言った。

つまるところ、ボクがファーシードの家に帰るかどうか、という話。しかしながら、廃嫡を言い渡したのは紛れもない父――ダンであった。

マリンが戻るように計らったとして、変わりはない。

それに何よりも――。

「…………」

ボクはちらり、後方に控える仲間たちを見た。

三者三様。キーンは何かを考えており、エリオは少し怒っている。そしてもう一人、マキは不安げに瞳を潤ませていた。

そんな彼らを見て、ボクは決心する。

そもそも、好き勝手に生きる、って決めた時に戻る選択肢は捨てたのだ。

「マリン。申し訳ないけど、ボクは戻らないよ？」

「そんな……！　どうしてですの⁉」

こっちの発言に、ハッとした表情になるマリン。

目を丸くする彼女に、ボクは笑顔でこう答えるのだった。

「ここにいるのは、ボクの大切な仲間たちなんだ。そんな彼らを捨てていくなんてこと、出来やしないんだよ」

「………クレオ」

それを聞いて、マリンは息を呑む。

そしてうつむき、なにかをボソボソと口にした。

「分かり、ましたわ……」

それが終わると、小さくそう漏らす。

分かってくれたのか、とボクは胸を撫《な》で下ろした。マリンはふらりと立ち上がり、出入口の方へと歩いていく。

その力ない後ろ姿を見送って、ふっと息をつくのだ。

「あの、クレオさん。良かったのです、か……?」

「マキ……」

するとその時、ついに仲間の一人が声を発した。

マキは心配そうにこちらを見て、そう問いかけてくる。ボクは――。

「良いんだよ。いまのボクは、ただのクレオだから」

そんな少女の頭を優しく撫でるのだった。

これで、ひとまずは一件落着。そう思って、改めて一日を始めるのだった。

◆

「納得いきませんわ……！」

マリンは、自宅に戻ってそう口にした。

思った通りに事が運ばなかったのもそうだが、クレオがあの冒険者たちを選んだのが気に食わなかったのだ。付き合い自体は、自分の方が長いのに。

それを思うと、胸の奥が締め付けられるような感覚があった。

「……クレオ。わたくしは、どうすれば……！」

――傍にいたい。

その気持ちが、大きくなっていく。

そして、ついにそれは抑えきれなくなった。結果として、

「そうですわ……！」

マリンは、こんな決断を下すのだった。

「わたくしも、冒険者になればいいのですわ！」

何とも安直な思考。

しかし、これが後に大きな火種の一つになること。

それをこの時のマリンは、知る由もなかったのだった。

◆

「よう、クレオ。最近のマキはどんな感じだ？」

「心配しなくても大丈夫ですよ、ゴウンさん。マキはもう立派な冒険者です」

あれから数日後。

ボクはたまの休みにオルザール家を訪れていた。

これはゴウンさんからの提案、というか願いだったのだけど。娘であるマキが役目を果たせてい

るか、それを報告してほしい、とのことだった。

憑《つ》き物《もの》が落ちたような彼は、すっかり子煩悩な父親だ。

「本当は一緒に行けたら良いんだが、俺はかつてのパーティーメンバーへの贖罪《しょくざい》で同行できねぇからな。一生涯かけて、これらの罪は償っていかなきゃならない」

「亡くなった人はいないんでしょう?」

「それでも、恐怖で支配したことに変わりない。なにがあっても、な」

ボクが少し助け舟を出すが、ゴウンさんは乗ってこない。

やはり、これが彼なりの罪滅ぼしなのだろう。一転して穏やかになった彼の目には、優しい光が宿っていた。

「それにしても、クレオがファーシード家の人間だったとは、な」

そこまで話して、唐突に彼はそう口にする。

「……ボクはもう、ファーシードではないですよ」

「気を悪くしたなら申し訳ねぇ。ただ、案外似た者同士だったんだな、って思っただけだ。もっとも、俺のように遺恨はないみたいだが……」

「遺恨……?」

訊き返すと、彼は少しだけ考えてから。

「いいや、気にするな。俺が大馬鹿だっただけだ」

ニッと笑んで、そう答えた。

少し。ほんの少しだけ、その瞳に悲しそうな色を浮かべて。

「そういや、婚約者だとかが来たらしいじゃねぇか」

「マリンですか？　彼女は幼馴染みの一人ですけど、婚約者じゃないですよ！」

しかし一変して、こちらをからかうようにそう言った。

ボクは気恥ずかしさを感じながら、否定する。すると彼は照れるなと言わんばかりに、こちらの肩へ腕を回してきた。

そして、家事に悪戦苦闘しているマキを見ながら一言。

「しかし、マキも苦労するだろうなぁ」

「へ……？」

そう、遠い目をした。

なんだろうか、回された腕にこもった力が強くなった気が……。

「まぁ、気にすんな！　これは父親としてのお節介だ」

「は、はぁ……。そうですか」

そう思うと、なにやらパッと手を離される。

ボクは首を傾げながら、しかし彼の父親らしい表情を見て自然と笑っていた。

「それじゃ、ちょっとボクはマキを手伝ってきますね！」

「おう、頼む」

そして頃合いを見てそう言うと、ゴウンさんはポンと背中を押してくれる。

マキの方へと駆け寄って、少し焦げた料理を配膳する。それはまるで、本当の家族のようでもあり、温かな雰囲気に包まれていた。

◆

「…………」

ゴウンは少年の後ろ姿。

そして、彼に声をかけられて慌てふためく娘を見て、ニッと笑った。しかし嬉《うれ》しそうなその表情も、すぐに引き締まったものに変わる。

しばしの間を置いてから、ぼそりとこう口にするのだ。

「シンデリウス、か……」――と。

——その名を。

因果なものだと、そう思いながら。

ゴウン・オルザールとして生きて十余年。もはや交わることのないと、そう思っていた名前との再会は、彼の心に小さな波風を立てていた。

◆

「こんなところでは、死ねませんわあぁぁぁぁぁぁぁぁぁぁぁぁあっ⁉」

マリンは走っていた。

ダンジョンの中層付近の只中《ただなか》を、死に物狂いで走っている。そこにいつもの令嬢然とした風格などなく、ただ一人の人間として、生存本能のままに駆けていた。

後方に迫りくる魔物の群れ。

少女は両手を大きく振り、目を血走らせ、口から白い息を吐いていた。

どうしてこうなったのかというと、それは数刻前にさかのぼる。

◆

ギルドへ冒険者登録に訪れたマリンは、そこでこんな話を耳にした。

「クレオは、もう最下層まで行っていますのね。それなら彼に認めてもらうには、わたくしも同じところまで到達しなくては……！」

もはや当初の目的など、どこへやら。

新時代の聖女と呼ばれる彼女の頭の中には、あの少年に認めてもらうこと。それしかなくなっていた。そのために家を飛び出し、冒険者登録までして、この結論。

支離滅裂ながらも、マリンの目にはクレオのことしか映っていなかった。

そのため、受付の男性の忠告も受け入れずに飛び出したのである。

「大丈夫ですわ、わたくしなら。——新時代の聖女を舐《な》めるんじゃないですわ！」

必死に呼び止める人々にそう一喝して回った。

そして、その結果が——。

◆

「よく考えたら、わたくし攻撃魔法はからっきしでしたわぁぁぁぁっ！」

——これである。

ろくな攻撃手段を持たずにダンジョンへと足を運べば、当然こうなる。上層の魔物ならいざ知らず、中層となるとそれなりの魔物が集っていた。

初歩魔法で撃退できる相手にも、限度というものがある。

もっとも、それでも基礎魔力の高いマリン。初心者にしてはなかなかの戦闘を行えていたのだが、恐怖心がいよいよ勝り、この有り様だった。

「死にたくない死にたくない死にたくない……っ⁉」

ちらりと後方を見ると、そこには大型のオークやワイバーン。

そいつらが赤い眼を輝かせ、群れを成して迫ってくる様子は恐ろしいという他なかった。捕まればどんな目に遭わされるか、分かったものではない。

それを考えると、マリンの身体は一気に冷えていく。

「クレオ、助けてください！　お願い致しますわぁぁぁぁぁぁぁぁっ⁉」

号泣しながら、あの少年に助けを求める聖女。

その姿は、母親に玩具をねだるような子供にしか見えなかった。

「誰か、助け――――きゃっ⁉　ぐほぉ‼」

そして、いよいよ脚にも限界が来たのだろう。

マリンは道を曲がり切れずに前方へと、数回転してから壁に激突した。鼻血を垂らしながら起き上がるものの、どうやら足を挫《くじ》いたらしい。

紫色に変色したそこに、力がまったく入らなかった。

「は、早く治癒魔法を――――って、追いつかれてしまいましたわ」

すかさず治癒を試みるが、そうしている間に追いつかれてしまう。

壁を背にした少女を取り囲む魔物たち。ジリ、ジリと距離を詰めてきていた。そんな人ならぬものたちを見て、少女の脳裏によぎったのは……。

「あの頃を、思い出しますわね……」

それは、クレオと出会う前の記憶だった。

自らを蔑むように見てくる人々の目。それはたしかに、人ならぬもののそれに似ていた。両親以外で、自分を人間として扱ってくれたのは、彼以外にいない。

しかし、そんな少年も今はいなかった。

助けてくれる者など、ここには──。

「わたくしは、なにをやっているのでしょうか……」

少女は自嘲気味にそう笑った。

自分勝手に行動、暴走して、その結果がこれである。

こんな自分なんて、誰も手を差し伸べてはくれないだろう。


それはそう、あの少年でも──。


「大丈夫？　──マリン」

「え…………？」


そう思った瞬間だった。

聞こえてきた断末魔の中に、ハッキリとそんな声がある。

いつの間にか閉じていた目を開くと、そこにいたのは間違いなく──。

「クレ、オ……？」

あの頃のように、手を差し伸べる少年だった。

◆

――数時間前のこと。

オルザール宅からギルドへ向かうと、そこには人だかりができていた。

「どうしたのですかね？」

「なにか、事件でもあったのかな……」

ボクとマキは互いに顔を見合わせて、首を傾げる。

様々な人が行き来するギルドで問題が発生するのは、たしかに日常茶飯事だ。しかし今回のこれは、どこか雰囲気が違う。

いつもなら聞こえる喧騒《けんそう》はなく、そこにいる人すべてが困り果てていた。

何事かと思い、ボクは受付へと赴く。

「あぁ、クレオ様。ちょうど良かった！」

「え、どうしたんですか？　リールさん」

すると受付担当者――リールさんは、ホッとしたようにそう言った。

「貴方の知り合いだって女の子が、ダンジョンに一人で向かってしまったんです。見たところ治癒師だし、一人では危険だって、みんなで止めたんだけど……」

「え、それってもしかして――」

そして、語られた内容から察する。

ボクの知り合いで、治癒を専門にするのは一人しかいない。

「クレオさん⁉」

「マキはキーンとエリオさんに声をかけて！　まずはボクが行くから‼」

そうなった瞬間に、駆け出していた。

ダンジョンへと向かって。

◆

そしていま、ボクはマリンに手を差し伸べていた。

周囲には、それなりの強さを誇る魔物の群れ。その只中で、尻餅をついた幼馴染みの一人である彼女は、唖然《あぜん》としてこちらを見上げていた。

「ク、レオ……。どうして？」

「いまは、そんなことどうでも良いよ。とりあえず、立てる？」

「え、えぇ……立てますわ」

短く言葉を交わすと、マリンはボクの手を取って立ち上がる。

足をほんの少しだけ気にしているところから、怪我をしたのだと察した。治癒魔法にも詠唱は必要だ。しかしこの状況では、それに手をかける時間がない。

「マリンは自分の怪我を治していて。ボクは――」

剣を構えて、ボクは深呼吸をした。

短く魔法詠唱を行い、意識をそれへと持っていく。

するとそこには、炎をまとった剣が誕生した。俗にいう魔法剣というやつだ。今回は威力を上げるため、火属性のエンチャントを施した。


そこで改めて、魔物の群れに目を向ける。

「こいつらは、ボクが引き受ける！」


そして、足に瞬間の力を込めて――駆け出した。

まずは手前のワイバーンに肉薄し、その胴体を一刀両断する。次いでは大型のオークの、醜く肥大化した肉体に魔法剣を突き立てた。

それぞれが断末魔の悲鳴を上げる最中にも、ボクは多くの魔物を屠《ほふ》っていく。

マリンを庇《かば》いながら。

それはまるで、幼い頃のある日を思い出すようだった。

◆

マリンは泣いていた。

他の子供に囲まれ、暴力を振るわれて。

自分が悪いわけではないのに、ずっと謝罪を口にしていた。

『やめろーっ！』

そこにやってきたのは、クレオだった。

彼はいじめっ子たちを一人で追い返すと、マリンに微笑みかける。そしていつものように、手を差し伸べてこう言うのだ。

『ほら、泣いてないで遊ぼうよ！』——と。

◆

マリンもまた、それを思い出していた。

魔物を倒していく少年の後ろ姿は、あの時のままだ。そして今、最後の一体を魔素へと還し、少女のもとへと歩み寄ってくる。

「クレオ……！」

彼女は歓喜した。

心の底から、やはりこの少年は自分のヒーローなのだ、と。それを理解して、歓喜したのだった。だから、自ずと手を差し出そうとして。


――パシンっ！


しかし、唐突な頬の痛みに唖然とした。

いまクレオは、マリンの頬を叩《たた》いたのである。

「クレ、オ……？」

恐るおそる彼を見る。

すると、そこにあったのは――。

「今回ばかりは、怒ってるよ？　――マリン」

眉間に皺《しわ》を寄せ、怒りを露わにする少年の表情であった。

◆

「ごめんなざいでずわぁぁぁぁぁぁぁぁぁぁぁぁぁぁぁぁあっ⁉」

ギルドには一人の少女――マリンの泣き叫ぶ声が響き渡っていた。

それは許しを請うものであり、その対象はボク。まさか、ここまで彼女が取り乱すとは思ってもみなかったため、どうしても困惑してしまった。

談話室にいる他の冒険者はみな、何事かとこっちを見ている。

「いや……。うん、分かったから泣き止《や》んでよ」

「ゆるじでぐだざいまじぃぃぃぃぃぃぃぃっ！」

苦笑いしつつボクはマリンにそう言うのだが、彼女は号泣しながら謝罪を続けた。後方に控えるキーンとエリオ、そしてマキの三人は目を丸くしている。

というか、引いている。

ドン引きだった。

「あの、クレオさんは何を言ったのです？」

「え……あー、うん」

そんな中、マキが服の袖を引きながら上目遣いに訊いてきた。

そこに至ってボクは、ダンジョンでマリンに告げた言葉——彼女が泣き出す、直前のそれを思い出す。それというのは、呆《あき》れて口にしたこれだった。

『ボク……。マリンのことが嫌いになりそうだよ』

これを聞いた直後、聖女と呼ばれる少女は激しく取り乱した。

ダンジョン内でも泣き叫び、いまだにそれが続いている。

どうしたものかと、そう考えていると——。

「あぁ、なるほどなのです。それは泣いてしまうかもですね」

「マキは、理由が分かるの？」

「はいです！」

マリンの泣き声で少し聞き取りにくいが、マキは小さく笑いながらそう言った。

そして、ゆっくりとマリンのもとへと歩み寄る。

「あの、マリンさん……？」

「じんでわびまず――ふえぇ？」

「大好きな人に嫌われそうになったら、泣きたくなりますです。僕もマリンさんの気持ちが、すごく分かるですよ！」

「あ、貴女は……？」

マキが、へたり込むマリンの頭を撫でる。

「マキ・オルザールです！　そして、マリンさんとは似た者同士なのですよ？」

「似た者同士――ということは、貴女も？」

「はいなのです！」

少しずつ冷静さを取り戻しながら、マキの言葉を聞く聖女。

そんな彼女に、マキは諭すようにこう言った。

「過去の失敗は消せません。でも、これからを頑張ることはできるはずなのです！　マリンさんもきっと、そうやって頑張ってきたはずなのですよね？」

「…………はい。頑張ってきましたわ」

頷くマリン。

「わたくし、クレオに認めてもらいたくて、頑張ったんですの……」

そして、とても小さな声でそう口にするのだった。

それを聞いてマキは頷く。こちらを振り返って、小首を傾げた。

「クレオさん……。今回は、許してあげてくださいませんか？」

少女は優しい目をして、そう言う。

なるほど。そこでようやく、ボクはマリンの行為の意味が分かった。

だから、今ならちゃんと伝えることができる。ボクが怒った理由を……。

「ねぇ、マリン。……これからは、無茶したらダメだよ？」

膝をついて、彼女と視線の高さを合わせて。

ボクが怒った理由――それは、他の人に迷惑と心配をかけたから。きっと、今のマリンなら、それを理解してくれるはずだった。

「マリンが頑張ってるの、ボクは知ってるから。次からは、一人で危険なところに行ったらダメだよ？」

「クレオ……！」

すると、彼女はハッとした顔になり、また一筋の涙を流す。

続けて出てきたのは、さっきまでのような取り乱したそれではなく。

「申し訳、ございませんでしたわ……」

深い反省のこもった、丁寧な謝罪だった。

第1章　クレオ攻略大作戦!?

そして、マリンのダンジョン騒動から数日。

ここ最近はクエストを受け続けていたので、久方ぶりの休日ということにした。キーンやエリオさんも賛同し、マキも行きたい場所がある、とのこと。

そんなわけなので、ボクも装備を新調しようと思い、街を歩いていた時だった。

「ん？　あれは、マキと……マリン？」

ボクの仲間である治癒師の少女と、聖女と呼ばれる彼女が一緒にいるのを見かけたのは。

二人はなにか真剣に、ある店の前で考え込んでいた。

「こちらも捨てがたいですわね……」

「……うぅ、どれも高そうなのです」

彼女たちが立っているのは、王都の中でも有名なスイーツ店のようだ。

あの騒動の際、お互いに何かしらのつながりを感じ取っていたマキとマリン。そんな二人の距離は、いつの間にか、かなり近くなっているらしい。仮とはいえ冒険者登録をしたマリンは、ギルドに顔を出すようになり、クエスト終わりにはマキと談笑する光景をよく目にした。

すっかり、友達同士。

ボクは楽しげに悩む二人を遠くから、微笑ましく思っていた。

「邪魔したら、駄目だよね」

しかし、だからこそ放っておこう。

せっかく二人が仲良く時間を過ごしているのだから、無関係のボクは去った方が良い。そう考えてひとまず、自分の用事を済ませることにした。

◆

——一方、マキとマリン。

彼女たちはクレオの存在に全く気付かず、スイーツ店のメニューを凝視していた。その表情はまるで、獲物を狩る獣のような真剣なもの。とても甘味を楽しみにきた友達同士、といった雰囲気ではなかった。それを察してか、周囲の人々も一定の距離を置いている。

そう、これは遊びではない。

マキとマリン、二人にとってはそれ以上の意味があったのだ。

「大切な想いを伝えるには、心のこもった贈り物を……！」

「手作りのお菓子であればきっと、クレオさんも……！」

その店のメニューの端には、こんなことも書かれていた。


【本格スイーツ製作体験会開催のお知らせ】――と。


王都で一番のスイーツ店。

そこでは、定期的に客がお菓子作りを体験できるイベントが開催されていた。

マキとマリンの目的は一つ。この体験会を通して得た知識をもって、クレオへ菓子のプレゼントをしよう、というもの。知識人曰《いわ》く、王都より離れた地では異性に想いを伝える際、甘味を贈るという風習があるとのことだった。

それを少年が知るかは分からない。

だが、先日のお礼、という名目なら無難とも思われた。

「今日ばかりは敵同士、ですわ！」

「はい！　勝負なのです、マリンさん！」

同じ人物に想いを寄せる少女たち。

そういった方面に鈍い彼について話すうち、気付けば仲良くなっていた。しかしながら、今日に限っては明確にライバルということになる。互いに笑顔を浮かべてはいるが、心の奥底では対抗心が燃えていた。

入店して受付を済ませた二人の間には、いつにない緊張感が漂っている。

とにもかくにも、彼女たちは競うことになったのだ。だが――。

「…………でも、お菓子作りで大丈夫なのでしょうか……？」

それとは関係なしに、ふとマキが不安を口にした。

「どういう意味ですの？」

「いえ。クレオさんのこと、すべて知っているわけではないのですけど……」

首を傾げるマリン。

そんな彼女に、幼い少女はこう告げた。

「クレオさんって、お菓子作りでも2位だった、とか……ないですよね？」――と。

あの万能な少年ならば、あり得ない話ではない。

むしろ、一級品の料理の腕前を知っているマキにとっては、大きな懸念材料だった。

しかしそんな少女に、聖女はしばし考えた後――。

「その心配は、不要ですわ！」

ハッキリと、そう断言した。

あまりに自信満々な態度に、マキは少しばかり驚いて彼女を見る。そうしていると、ふふんと鼻を鳴らして、マリンは小さなライバルにこう言うのだった。

「わたくしの調査によるところでは、クレオがお菓子作りで誰かに師事した、という記録はありません。それに加えて学園時代、そういった科目はありませんでしたわ‼」

――だから、クレオにとってもこれは未知の領域だ、と。

マリンの言うところの調査とはなにか、微かな疑問を抱いたマキではあった。だがしかし、自分よりもずっと長く彼と過ごした相手の言葉に、たしかな安堵感《あんどかん》を抱くのだ。

そのため、これまでの憂いを脱ぎ捨てる覚悟が決まった。

「だったらもう、僕も迷わないのです……！」

胸の前で小さな拳を作ると、少女は大きく頷《うなず》く。

「ふふふっ……ようやく、わたくしのライバルに相応しい顔になりましたわね！」

そんなマキの姿に、マリンはどことなく嬉《うれ》しそうな表情を浮かべた。

やはり、せっかく競うのであれば張り合いがないとつまらない。小さなこのライバルにも、しっかりとした恋心があるのであれば、それを最大限にぶつけ合いたかったのだ。

「それでは、手作り体験に参加されるお客様は――」

さて、そうこうしているうちに。

待合室での時間も、終わりということのようだった。

「それでは、マキ！　いざ尋常に勝負ですわ‼」

「はい！　負けませんからね、マリンさん‼」

係りの店員に誘導されて。

二人の少女は決戦の地である厨房《ちゅうぼう》へ、足を踏み入れるのであった。

◆

そして早速、パティシエの男性から手ほどきを受けることになり……。

「それでは、本日はまずお菓子の基本であるクッキーを作りましょう」

「クッキー……」

「です、か……？」

今日の目標を聞いたマキとマリンは、少々難しい顔をした。

何故なら、思った以上に簡単なお菓子であったから。その程度であれば、きっと何も知らない自分たちでもそれなりに、食べられるものができるはずだった。

本格スイーツ体験――その名前に身構えていたが、ずいぶんな肩透かしである。

そう考えて、マリンが大きなため息をつこうとした。

だが、そんな時だ。

「おや、もしやお二人はクッキーを舐《な》めておられるのですか？」

「え……？」

パティシエの男性が、やけに挑戦的な口調でそう言ったのは。

突然どうしたのか、そう思った少女たちは男性を見た。

すると――。

「つまり、想いを寄せる殿方への心もその程度だ、と……！」

「なっ⁉」

「えぇっ⁉」

まさかの言葉を突き付けられたのだった。

ほくそ笑むパティシエに、明らかな動揺を見せるマキとマリン。そんな二人に相手は、まるですべてを知っているかのように、こう続けるのだった。

「スイーツに想いを込めるとは、すなわち彩りをもってして気持ちを伝えるということ。クッキーは簡易な菓子だと思われるかもしれませんが、だからこそ誤魔化しが利かないのです！　――で、あるならば！　貴女たちがするべきことは、一つしかありません！」

――ビシィ！

そんな効果音が聞こえそうな勢いで、パティシエは少女たちを指さした。

そして、ハッキリとこう告げるのである。

「今日、この時、この場所で！　貴女たちの想いのすべてをクッキーに込めなさい！」

彼は真っすぐな目を二人に向けた。

その迫力と圧力に、マリンはあからさまに一歩引いてしまう。そもそも、理屈が滅茶苦茶であるように思われた。筋が通っていない。だが、しかし——。

「ぼ、僕の気持ちは……！」

「マ、マキ……？」

どうやら、小柄な少女の方は違ったらしい。

唇を噛《か》んで拳を震わせると、潤んだ瞳をしながらも真っすぐ前を見た。そして、宣言する。

「僕のクレオさんへの想い、こんなところで折れるようなものではないのです……！」

パティシエの男性を喰《く》うように。

少女は力強く、そう言い放ったのであった。

「マキ……」

その堂々とした少女の姿に、マリンも何かを感じたらしい。

「ふふふ……！　マキがその気なら、わたくしだって……!!」

ここまできたら、もはや理屈などどうでも良かった。

ライバルには負けない。

そんな思いを胸に秘めて、シンデリウス家令嬢は改めて覚悟を決めた。

「受けて立ちましょう、この勝負！」

そして、パティシエの男性に告げる。

自分の想いがどれほどのものか、見せつけてやろう――と。


そんなわけで、実践開始。


「……とまぁ、煽《あお》りはしましたが基本を押さえれば大丈夫です。菓子には設計図があり、分量などを守れば初心者でも、簡単に美味しく作れますからね？」

「ふむ、なるほど……？」

パティシエの男性は先ほどのキャラと打って変わって、至って平静に指導していた。おそらく今ほどの煽りは、クッキーを本気で作らせるための演技だったのだろう。

どんなものにでも、真剣に取り組んでほしい。

そして、菓子作りの素晴らしさを多くの人に知ってほしい。

パティシエの男性はそのためなら、どのような手でも使おうという考えだった。

「さて、それではまず基本となる砂糖の量ですが……」

だが、菓子に対しては正攻法。

こればかりは嘘偽《うそいつわ》りなく、真剣に教えるつもりだった。だからマキとマリンに対しても、基本の基本から学んでもらおうとする。

しかし、ここから先が想定外であった。

「——ねぇ、先生？」

「はい、どうしましたか？」

分量を見てマリンが一言、こう口にした。


「わたくしのクレオへの気持ちは、この程度の砂糖では足りませんの」——と。


どこか、遠くを見ているような。

底知れない感情の渦を覗《のぞ》き込んだかのような、錯覚を抱かせる目をしながら……。

「えっと、シンデリウスさん……？」

パティシエの男性の頬に、一筋の汗が伝った。

これは不味《まず》い。そう、思った直後だ。

「わたくしの想いは、これ以上ですわぁぁぁぁぁぁぁぁ!!」

「うわあああああああああああああああああ!?」

マリンはどこから取り出したのか、大袋に入った砂糖をボウルの中にぶち込んだ。どう考えても糖分過多である。しかし、そんなことお構いなしに彼女は次の工程に移行した。すると、そんな聖女に追従するかのようにして、今度はマキが――。

「僕の気持ちは、熱く燃え滾《たぎ》っているのです!!」

「ちょっと待ってください!? オルザールさん、それでは焦げてしまいます!!」

こねた生地を思い切り良く、超火力で焼いてみせた。

「やりますわね、マキ！　わたくしも負けませんわ!!」

「むむむ、僕だって頑張るのです!!」

講師が止める間もなく、二人の勢いは増していく。

堰《せき》を切ったように溢《あふ》れ出した少女たちの感情は、一介のパティシエに止められるものではない。

舞い散る火の粉と、砂糖の甘ったるい香りが徐々に炭素的なそれに変化していく、その様子をパティシエは苦笑いをしつつ見送ることしかできなかったのだ。

「は、ははは……」

これはもう、どうしようもない。

そして本格スイーツ体験会は、軽いボヤ騒ぎの発生によって幕を閉じるのだった。

◆

「むぅ……」

「思ったよりも、難しかったです……」

スイーツ店を出てから、マキとマリンは二人で近くの公園へと足を運んでいた。手には一応の完成品があるのだが、共に暗黒物質と表現した方が正しいものになっている。

とても、クレオに見せることはできない。

「今日は少し、お互い焦り過ぎましたわね」

「はいです。でも、これはどうしましょう……？」

そうは思うのだが、初めて自分の手で作った菓子だ。

食べられたものではないと分かってはいるのだが、どこか愛着が湧いてしまっている。そんなわけなので、マキとマリンの二人が悩みに悩んでいると、彼がそこにやってきた。

「あ、ここにいたんだ。二人とも」

「え!?　クレオさん!?」

「何故ここに!?」

声のした方を見ると、そこには二人の想い人が立っている。

そのことにマキとマリンの両名は目を丸くするが、しかしすぐに手に持った菓子を後ろ手に隠す。互いに目配せをして、ひとまずこの場を誤魔化すことに決めた。

その、つもりだったのだが……。

「さっき、広場のスイーツ店にいたでしょ？　あそこのパティシエさんには、学園時代にお世話になっていたから、ちょっとだけ事情を聞いたんだ」

すると、少女たちが自分のためにクッキーを焼いた、という話が出たという。

つまるところ、二人の考えていることはすでに筒抜けということだった。クレオが首を傾げて無垢《む　く》な微笑みを浮かべているのを見て、マキとマリンはついに観念する。

おずおずと、隠していたクッキーを出すのだった。

「えっと、少し失敗してしまいまして……」

「ぼ、僕もなのです……」

羞恥心に、耳まで真っ赤にしながら。

彼女たちはクレオの顔色を必死にうかがっていた。すると――。

「ううん！　とても嬉しいよ、二人とも。ありがとう！」

驚くことに、少年は満面の笑みを浮かべてその暗黒物質を受け取るのだった。

さすがに口にすることはなかったが、それでも短い感謝の言葉の中にも、心の底からの喜びがあることが感じ取れる。

そのことから、ふとマリンは思い出す。

「あぁ……」

この少年が以前、自分に語ってくれたことを。

結果よりも、頑張った過程を大切にしたい――と。

「ふふふっ……」

だから、思わず聖女は笑っていた。

本当に彼は、いつまでも変わることがない。

あの日、自分を照らしてくれたように。眩《まばゆ》い輝きをもってして、こちらが胸に抱いた暗い気持ちすべてを明るくしてしまうのだから。マリンはそれに改めて、感謝と敬意を抱くのだった。

「マリンさん……？」

「あぁ、いえ。少しだけ、昔を思い出しまして」

そんな聖女を見上げて、小首を傾げたのはマキ。

まだまだクレオと知り合って日の浅い彼女は、どこか不安げな表情を浮かべていた。それをいち早く感じ取ったのは、他でもないクレオだ。

「そうだ。お返ししないとね！」

彼はそう言うと、周囲を見回してあるものを発見した。

それは公園の横にある、小さな花屋。年老いた女性が一人で経営しているそこへ、マキを手招きして向かった少年は、ほんの少しだけ考えてからこう言う。

「マキは、どんな色が好きなのかな？」

「ふえ……？」

状況が把握できないのであろう。

幼い少女は少しだけ、困惑したように少年を見上げていた。すると、そんなマキに優しく声をかけたのはマリン。彼女はクレオの意図を察して、微笑みを浮かべながらこう告げた。

「安心してくださいまし。ただ、素直になれば良いのですわ」

その言葉を受けて、マキはようやく冷静になったらしい。

数秒の思案があってから、ゆっくりと口を開いた。

「えっと。色……と、いうよりは……」

そして、マキ自身の好みに添った花束が出来上がる。

クレオからその花束を贈られて、胸に抱えたマキはまだ少し驚いていた。だがしかし、すぐにいつものように元気な笑顔を浮かべて、感謝の言葉を口にする。

「ありがとうです！　クレオさん‼」

そして、愛おしげに花弁に触れるのだった。

無邪気で、年相応な少女の姿にクレオとマリンは自然と笑みを浮かべる。そうしていると、少年は次にマリンへ同じ質問をしようとした。しかし、

「わたくしは、マキの笑顔だけで十分ですわ」

「そう……？」

「……ええ。だって、あんな花のように純粋な笑顔に勝るものはないですから」

そう言って、くすりと笑う。

マリンの言葉に、クレオは同意を示すように静かに頷くのだった。たしかに、彼女の言う通りだろう。穢《けが》れを知らないマキの笑顔は、どんなに美しい花よりも綺麗《きれい》だ、と。

あえて口にはしないが、きっと誰もが思っていることだった。

——と、考えていた時である。

「あ、あの……！」

「ん？　マキ、どうしたの？」

意図せず不意を突くようにして、マキがクレオにそう声をかけたのは。

どうしたのかと少年が首を傾げると、小さな少女はどこか恥ずかしそうにこう言った。

「その、僕に花束を作るコツを教えてほしいのです」——と。

頬を赤らめながら。

マキはそれでも、真っすぐにクレオの方を見つめていた。

◆

「あの、お二人ともお付き合いいただいてありがとうです！」

「ううん。気にしないでいいよ、帰りには暗くなりそうだし」

「そうですわよ？　マキは、自分が可愛らしい、という自覚を持つべきです」

「ふえ⁉　そ、そんなこと……⁉」

花屋を後にしたボクとマキ、そしてマリンの三人は夕日に染まる道を歩く。

人気《ひとけ》のない大きな道を進むこと数十分。明かりも少ない場所なので、マリンの言う通り、マキ一人で歩かせるには心許《こころもと》ないというのが正直なところだった。

いくら冒険者とはいえ、マキは後衛の回復専門職だ。

もし暴漢に襲われたりしたら、抵抗できない。

「それにしても、お墓参りかぁ……」

だが、ボクとマリンが一緒なら問題ないだろう。

そう考えて一度、思考を切り替えた。

「えへへ。お父さんが言っていたのです。お母さんのお墓の場所……！」

すると、手作りの花束を抱えたマキは笑顔で応える。

彼女の話によると、数日前が母親の命日だったらしい。諸々の都合があって行けなかったため、今日のこの機会に足を運びたいとのことだった。

マキの母親の話は、ゴウンさんから簡単にだが聞いている。

かつて彼を担当していた給仕の女性であり、その後の事件で命を落とした人。その結果としてゴウンさんは心を痛め、不器用にしかマキを守れなかった。

あまりにも悲劇的で、ボクは思わず口を閉ざす。

「一度くらいは、会ってみたかったですけど……」

そんなボクの出す雰囲気を察したのか、マキはあえて明るい声でこう言った。

「――それでも。今からでも、産んでくれてありがとう、って伝えたいのです！」

「マキ……」

あまりに芯のある言葉に、ボクは思わず呆《ほう》けてしまう。

「えへへ！　それに、今のお父さんのことも報告したいのです！」

そんなこちらを見て、マキは続けた。

「お母さんのお陰で、僕は生まれることができたです。会えないのはとても辛《つら》いし、悲しいですけど、いつかきっと――」

――また、ずっと未来で出会えますから。


そう言うとマキは、ゆっくりと息をつく。

彼女の横顔にはただひたすらに、慈しみが滲《にじ》み出していた。

純粋で穢れのない心。心の底からの感謝と愛情が、ただただ満ちている。

「そっか……」

それを受けて、ボクは安堵した。

本当の意味でマキという少女は強いのだ、と。

そのことに素直に尊敬を抱いたし、尊重したいと思った。

「………マキは、強いのですね」

「マリン？」

そして、そう思ったのはボクだけではない。

もう一人――隣を歩くマリンもまた、マキの純粋さに胸を打たれたようだった。

「わたくしはきっと、そんな寛大になれません。だって……」

聖女はそう漏らすように口にすると、ふっと息を吐き出す。

ゆっくりと深呼吸してから、どこか陰りのある笑みを浮かべるのだった。ボクはそれが気になって仕方なかったのだが、訊《たず》ねるより先に目的地に到着してしまう。

「あ！　あれなのです！」

一直線に駆け出したマキを追いかけると、たどり着いたのは小さな墓石の前だった。周囲には他に墓標らしいものはなく、しかし寂しい印象は受けない。こまめに手入れがされているのか、雑草の類いもなく汚れらしい汚れも見受けられなかった。

誰が手入れをしているのか、それは考えるまでもないだろう。

「まだ、新しい花が供えられているね」

「お父さん、ですかね……」

供えられていたのは、青色の花が一輪。

どこにでも咲いているような、なんてことのないものだった。ゴウンさんらしい、といえばらしいのだろうか。不器用というか、飾り気がないというか。

彼が花屋の店先に並んでいるのは、少しばかり失礼だけれど想像ができなかった。

とにもかくにも、ボクはマキに続いて祈りを捧《ささ》げる。

「お母さん。いつも、見守って下さってありがとうです……」

そう小さく言ってから、娘は母の墓前に純白の花を供えた。

白い花びらが美しいそれの花言葉は【無垢なる愛】というらしい。その言葉の意図するところがマキ自身なのか、それとも天国に旅立った母の眼差しのことなのか。

それはボクには分からない。

だけども、必死に祈りを捧げている少女の背中を見ると心が温かくなった。穏やかな空気が流れている。ただ、その場にいるだけで心が安らぐという感じだった。

だからこそ――。

「…………」

「……クレオ？」

思わず、背後を振り返ってしまった。

その挙動に反応したのはマリン。彼女はボクの顔を覗き込むと、どこか不安げな表情を浮かべていた。

「あぁ、なんでもないよ。気にしないで」

「そう、ですか……？」

「うん」

ボクはそんな彼女に、あえて笑顔を作って答える。

すると――。

「…………」

あからさまに、マリンの表情が曇った。

恐怖心、だろうか。しかし、それにしては怯《おび》えが少ない。

その違和感を思わず追及しそうになったが、ボクは喉元まで上がってきたそれを呑《の》み込んだ。今ここで、それを訊《き》いてはいけない。

何か致命的な亀裂が入ってしまう。

どうしてかは分からないが、そのように思われた。

「そろそろ、帰りましょうか！」

そうこうしているうちに、マキが祈りを捧げ終わったらしい。

今日はここまでだろう。ボクはそう考えて、マリンにも声をかけようとした。すると、

「あ、わたくしも少しだけ……」

彼女はそう言うと、先ほどのマキのようにしゃがみ込む。

そして、静かに祈りを捧げ始めた。

「……まぁ、いいか」

マリンの後ろ姿を見て、ボクはそう考える。

いまはあえて目を瞑《つむ》ろう。でも、きっとすぐに向き合う必要があると思うのだった。

◆

祈りを捧げ終え、クレオと談笑するマキを肩越しに振り返りながら。

「偶然、ですわよね……？」

マリンは思わず、そう呟《つぶや》くのだった。

ゆっくりと視線を前に戻すと、そこにあるのはマキの母親のものだという墓標。煌《きら》びやかさとは縁遠く、されども清潔感のある墓石には『彼女』の名前が刻まれていた。

しっかりと、間違いなく。

【ナキ・オルザール　ここに眠る】——と。

呼吸が荒く、心臓の音が激しくなっていく。

そのことを感じながら、マリンは静かに手を合わせた。

きっと、質《たち》の悪い偶然に違いない。そうであってほしいと、思いながら……。

第２章　動き始める。

「そうですわ。慎重に、ゆっくり――深呼吸して、魔力を高めるのですわ」

「ふぅ～……！」

マリンがやってきてから、一週間が経過した。

その解決の際にマキが助け舟を出したことから、少女とマリンはかなり親しくなっている。それ以外にもなにか、共感する部分があるのか、ずいぶんと仲が良い。

「ふぅ……！」

「いいですわね。マキはとても筋がいいですわ！」

「あはは！　ありがとうなのです！」

いまは治癒魔法のエキスパートであるマリンが、マキに手ほどきしているところだった。魔力制御の実技についてはボクに分《ぶ》があるけれども、治癒魔法の実践では聖女と呼ばれる彼女の右に出る者はいないだろう。

だから、こちらは助けを求められない限りは見守ることにしていた。

それに何よりも、マリンに友人が出来るのは素直に嬉《うれ》しい。

「良かったね、二人とも」

ボクはそう呟《つぶや》いた。

出会った頃のマリンは、いつも一人で泣いているような女の子だったのだ。

学園に入ってからも言葉を交わすのは、ボク以外にアルナとリリアナ――とは言っても、二人とは常に口喧嘩《くちげんか》をしている印象だったけど。

それだから、尚のこと嬉しい。

友人の一人として、彼女の幸せを心から祝福していた。

「でも、いつまでここにいるの？　マリン」

「……ん。いつまで、とは？」

しかしその反面、心配なこともある。

それというのもマリンの実家――シンデリウス家のことだった。あの家は少しばかり特殊なところで、今ごろはマリンのことを血眼《ちまなこ》になって探しているだろう。

首を傾げる彼女に、ボクはこう言った。

「家のこと――特に、マリンのお父様は心配してるんじゃないのかな」

すると、聖女はこう答える。

「お気遣い感謝いたしますわ。でも、こちらの方があちらより居心地がいいのです。誰にも監視されることなく、伸び伸びできますから……」

「監視……？」

「あ……いえ、気にしないでくださいまし！」

なにやら不穏な言葉に、ボクは眉をひそめた。

しかし彼女が笑みを浮かべたので、深くは追及しないことにする。

「そっか……。なら、マリンの気が済むまでいたら良いよ」

「ありがとうございます、クレオ」

そう言うと、彼女は再びマキの方へと振り返った。

「さてさて、それでは訓練を再開いたしますわよ！」

「はい！　お願いしますです！」

そして、マキの治癒魔法の訓練を始める。

マキの方はそれに素直に従い、時折笑い合いながら、指導を受けていた。その姿はさながら本物の姉妹のようであり、見ていて微笑ましいもの。

ボクは一つ息をついて、こう思った。

「こんな日々が、続けば良いな」――と。

◆

「本当に、お邪魔してもよろしいですの？」

「いいのです！　僕の家、ちょっと狭いですけど！」

夜道を歩きながら、マリンとマキは言葉を交わす。

この日は普段、宿を利用しているマキが父のもとに帰る日だった。そこに合わせて、仲良くなったマリンのことを父に紹介しようと、少女が一緒に行くことを提案したのだ。

「ふ、ふぅぅ……」

「どうしたです？　マリンさん」

「わたくし、誰かのお家に泊まるなんて初めてで……！」

緊張した面持ちの聖女に、マキが問いかける。

そして、返ってきた言葉に小さく首を傾げて言った。

「そうなのです？　マリンさん親切ですし、お友達多そうですけど」

「そ、そんなこと……ない、ですのよ……？」

「………？」

マリンは少しうつむいて、目を伏せつつそう答える。

悲しげなその表情に、マキはさらに首を傾げた。いったいどうしたのかと、そう問いかけようとしたところで、相手の方から自嘲気味な声が漏れる。

「わたくし、こんな性格ですから……ずっと一人ぼっちでしたわ。まともに話してくれるのはクレオくらいで、他の人は友達と思ってくれているかどうか」

「マリンさん……」

それを聞いて、マキは若干耳を疑った。

なぜなら自分の知るマリンと、彼女の語るマリンでは食い違いが大きい。しかし、おそらくは彼女の語るマリンの姿が真実だった。

学園時代の彼女は事実、高飛車な振る舞いをしていたのだ。

自然と人は離れ、周囲に残ったのは聖女としての彼女を利用しようとする者だけ。もっとも、クレオだけは違ったようだが。

「お笑い種《ぐさ》、ですわよね。誰かに弱い自分を見せるほど、強くなかったんですの」

「…………」

マリンは泣きそうな顔でそう言った。

それを見て、マキは小さく息を呑《の》む。そして――。

「きっと、弱い自分を見られたから、わたくしはマキに接することが――」

「マリンさん！　僕たち、お友達になりましょうです‼」

「え……？」

唐突に、彼女の言葉を遮ってそう叫んだ。

マリンは驚き、目を見開く。自身より幼い少女へ目を向けると、そこにはなにか、強い決意を秘めたようなマキの姿があった。

「いいえ、お友達じゃ生温《なまぬる》いです！　――僕たちは『親友』なのです！」

「マ、キ……」

マキは、マリンの手を取る。

とても温かいそれは、まるであの日のクレオの手のようで。

「よろしいの、ですか？　わたくしは――」

「貴族だとかそんなの、関係ないのです！　僕たちはきっと、親友になるために出会ったに違いないのです！」

「…………」

聖女の言葉を、少女が封殺する。

無茶苦茶な理屈だったが、それでも、その言葉はマリンの胸に刺さった。真剣なマキの表情を見て、次第にマリンの瞳は潤んでいく。

果たして、彼女はこう言葉をこぼすのだった。

「よろしく、お願い致しますわ……！」

震える音は、マキの耳にしっかり届く。

「はいです！　喜んで‼」

それは一つの絆《きずな》が生まれた瞬間だった。

そして、それとほぼ同時にこんな声が聞こえてくる。

「マキ、今日はずいぶん遅かったじゃねぇか」

「あ、お父さん！」

それは、少女を出迎えにやってきたゴウンのそれだった。

マキは上機嫌に答え、自然な流れでこう言う。

「マリンさん、この人が僕のお父さん――ゴウン・オルザール、なのです！」


しかし、それが新たな火種になることを少女は知らなかった。


「マリン……？　お前さんが……」

「ゴウ、ン……？」

マリンとゴウンは互いに顔を見合う。

そしてマキに覚《さと》られないように、小さく息を呑むのだった。

◆

「二人とも、無事に帰れているかな？」

ボクは途中までマキとマリンを送り届けて、宿へと向かって歩いていた。

すっかり日の落ちた王都。しかし、酒場などが多いこの地区は、活気にあふれている。未成年なので酒は飲めないけれど、見ているだけで楽しかった。

「ファーシードの家にいたら、まずかかわることのなかった世界だよなぁ」

ボンヤリと、赤ら顔の男性が踊っているのを眺めつつ。

そんな、少し前の自分と今を比べてみた。勘当された時はどうなるかと思ったが、好きに生きようと決めた現在となっては、ちっとも怖くない。

むしろ毎日が新鮮で、輝いて感じられた。

それは、きっと今のマリンも同じ。

だけれども、ボクには少しだけ気になることがあった。そして――。

「…………どなたですか？　さっきから、ボクをつけているのは」

もう一つの懸念材料。

ほんの少し喧騒《けんそう》から離れた場所に差し掛かった時、ボクは暗がりからこちらを見てくる人物に声をかけた。路地裏の入り口付近。そこから、乾いた声がした。

「よもや、気付いていようとは、な」

「それは、気付きますすよ？　一週間ずっと、監視されているんだから」

「ハハハハハ――面白い。私の隠密行動を察知するとは、良い目をしている」

それは、おそらくは女性の声。

でもハッキリとしない。認識阻害の魔法でも使っているのだろうか。もしかしたら、路地裏にいるというのも、こちらの勘違いかもしれなかった。

その気になれば、それを破ることもできる。

けれどもそれ以上に、ボクはその人物に訊《き》きたいことがあった。

「目的は、ボク――ではない、ですね？　おそらくは、マリン」

「ククク。なるほど、頭も回るらしい」

「彼女に、何の用ですか？」

それはその本来の目的、そして理由。

違和感があったのは、一週間前からだった。マリンがボクのもとを訪れたあの日から、この人物の視線が時折に感じられたのだ。

しかし、襲ってくる様子はない。

そのため今まで泳がせていたのだけど……。

「教えられないな。――ただ、一つ言えることがある」

「言えること……?」

首を傾げると、声の主は面白そうにこう言った。

「貴族ではなくなったお前はもう、シンデリウスにはかかわらない方が良い」

まるで、こちらを嘲笑うように。

「それは、どういう意味ですか?」

「ファーシード家から廃嫡されし少年よ、命が惜しければ大人しくしていろ。なにが起きても、手出しをするな。もし、なにかすれば――」

一度そこで言葉を切って。

「お前の命は――ない」

ハッキリと、そう告げた。

ボクはそれを受けて、しかし恐怖心は抱かない。

「…………いえ」

むしろ、こう宣言した。

「もしマリンや、それ以外の仲間に手出しすれば――」

ほんの少し、怒りを孕《はら》ませて。


「ボクは、貴方たちを許しません」――と。


遠くの喧騒だけが、その場を支配した。

数秒の間を置いてから、それは不意に掻《か》き消される。

「アッハハハハハハハハハ！　愉快、愉快愉快愉快!!　――面白い。面白いぞ、クレオ！　この私の忠告を無視するだけでなく、切って返すか!!」

声の主の哄笑《こうしょう》とも取れる笑い声。

ボクは眉間に皺《しわ》を寄せ、それを聞いていた。

すると次第にそれは収まり、声の人物は最後にこう口にする。

「ならば、見せてもらおうか……」

それは、ある種の犯行予告。

宣戦布告と、そう思えるものだった。

「かつてシンデリウスを去った者と、その家族を守ってみせよ」

◆

『いいか、マリン。分かっているな?』

『はい、お父様……』

幼いマリンは周囲を大人に囲まれ、小さくなっている。

父であるカオン・シンデリウスは特に厳しく、常に叱責するように、少女に接していた。マリンの中にあるカオンへの気持ちは、恐怖以外になにもない。

逆らってはいけない存在。

逆らっては、自身の命にかかわるかもしれない。

『お前は賢いからね。あの愚かなゴウンのようにはならないだろう?』

『はい……』

そんな父であるカオンが、何度も口にしたのは伯父の名前。

もっともすでに廃嫡されて、シンデリウス家とはもはや縁がないと聞かされていた。だがそれでも、カオンや親族たちは、ゴウンの行いのすべてを一族の汚点と捉えているらしい。事ある毎に、今のシンデリウス家の苦境はゴウンのせいだ、と。

その場にはいない、伯父の名前を貶《けな》すのだった。

『マリン――あぁ、愛しき私の娘。お前は、私の言う通りに動けばいい』

一転して、優しさを装った声で話すカオン。

そんな彼に寒気を覚えながらも、マリンは静かに頷《うなず》くのだ。

そして、またも同じ言葉を繰り返す。


『はい、お父様』――と。

◆

「あの方が、伯父様――ゴウン・オルザール」

客室で一人、ベッドに身を横たえながらマリンは呟いた。

まさかマキの父親が、子供の頃から話に聞いていた伯父であるとは、思いもしなかった。反応を見る限り、どうやら彼の方もマリンの素性には気付いているらしい。その上で平静を装って、今に至っていた。

「話に聞いていたような、横柄な方ではない……けど」

身を起こし、窓の外の月を見る。

浮かんでいるのは満月。それはまるで、今のゴウンを表すようであった。

そして、ふっとマリンが息をつこうとした時――。

「すまない。いま、少しだけ話いいか?」

「え……っ!」

ドア越しに、彼の声が聞こえた。

どこか緊張したようなそれに、マリンもまた身を固くする。脳裏によぎるのは、親族が口々に発していた罵詈雑言《ばりぞうごん》の数々。

油断してはならない。

マリンは、唾を呑み込みそう考えた。

「ええ、部屋の中には入れませんけれども」

そのため、最大限の警戒を持って返す。

するとゴウンは意外なことに、

「はは……。それでもいいさ、ありがとうな」

小さく笑ってから感謝を口にした。

「……なんの、用ですの？」

違和感を抱きながら、マリンは訊《たず》ねる。

その問いを聞いたゴウンは、自嘲気味にこう言うのだった。

「いや、な……。お前さんにはきっと、苦労をかけただろうから、それを謝りたかったんだ。カオンは融通の利かない野郎だっただろ？」

「…………」

それは、しかし同時に温かな色を感じさせる。

言い方はそうでもないが、彼の言葉にはマリンへの気遣いもあった。それを受けた少女はしばし黙って、彼を試すように意地悪な答えを口にする。

「ええ、とても。わたくしが、どれだけ苦しかったか……」

「そうか。それは、本当に済まなかった」

するとゴウンは、心の底から落ち込んだようにそう漏らした。

だが、すぐに切り替えたように言うのだ。

「マキと、友達になってくれて――――ありがとう」


それを聞いて、マリンは息を呑んだ。

この人はもしかしたら、本当は自分の思うような人ではないのでは、と。

そのことを確かめようとした――が、それより先にゴウンはこう言って去った。

「それじゃ、今日はもう遅い。また明日な」

「え、あの……！」

呼び止める間もない。

マリンが立ち上がる頃には、もうその気配は消えていた。

「…………なん、なんですの」

一人残された彼女は、うつむいて拳を震わせる。

しかし、その日の出来事は深く胸に刻まれたのだった。

◆

「おはようございますなのです！　マリンさん‼」

「え、えぇ……おはようございますですわ、マキ」

　――翌朝。

　マリンがリビングに現れると、マキが笑顔で出迎えた。

「あの、伯父――ゴウンさん、は？」

「お父さんはパーティーを組んでいた人たちのところを回ってるです！」

「パーティーを組んでいた人……？」

　マリンが首を傾げると、小さな少女は少しだけバツが悪そうに笑う。

　そして、先日の出来事を手短に説明した。

「そんなことが、あったのですね……」

「はいです。だから、お父さんは定期的に昔の仲間に会いに行ってるです」

「…………」

　話を聞いた聖女は、椅子に腰かけてうつむく。

　悶々《もんもん》とした気持ちの中で、口を衝《つ》いて出てきたのはこんな問いだった。

「マキは――」

　緊張した声色で。

「ゴウンさんが、怖くないの……ですか？」


自身の父が恐ろしくないのか、と。

それはきっと、至極真っ当な質問だっただろう。自分や他の者に暴力を振るっていた人物が、改心したとはいえ傍にいるという事実。

いつ気持ちが変わって、また手を上げられるか分かったものではない。

そう思っても、不思議な話ではなかった。

「んー……時々は、思うですよ？」

その意図を汲《く》み取ったらしい。

マキは顎に手を当てながら考え込んだ。

しかし、すぐに笑顔を浮かべてこう言うのだった。

「でも、いまは――」

明るい声色で。

「信じてみることから、始めてみようって思うのです!!」

屈託のない表情から発せられたそれに、マリンは息を呑んだ。

心を改めたのなら、信じることから始めてみる。きっと、とても大切なこと。それを理解したマリンは、だからこそうつむくのだ。

そして、こう口にした。

「わたくしも、信じてみるべきなのでしょうか……」

誰に向けた言葉なのか。

自身の父親か、あるいはゴウンに対してか。それとも、その両者ともに、か。

もしかしたらマリン自身、その答えは出ていないのかもしれなかった。それでも、心の底にある不安感と向き合うことの大切さを目の当たりにしたのだ。

逸る気持ちだけが、心に募っているのかもしれない。

その時だった。


「少しずつで、良いですよ」

「マキ……？」


親友がそっと、彼女の手に触れたのは。

「焦る必要はないのです。僕の事情とマリンさんの事情は、きっと違う。だから今は、とにかく自分のしたいことをしましょう？」

「わたくしの、したいこと……？」

「はいです！　マリンさんは、今の生活が気に入ってるんですよね！」

「…………」

そして、顔を覗《のぞ》き込むように笑みを向けられて。

マリンは心を摑《つか》まれたと感じた。静かに目を閉じて、頷く。

「ええ、わたくしは――」

もしかしたら、これが聖女にとって最初の決断だったのかもしれない。

◆

ある貴族の家。

その広間で大きな椅子に腰かけ、一人の男性がふんぞり返っていた。

その者の名はカオン・シンデリウス――シンデリウス家の現当主であり、小さな眼鏡をかけた長身瘦軀《そうく》の男。彼はいま、一人の密偵から報告を受けていた。

「それで、マリンはゴウンの家にいる……と？」

「………」

密偵はなにも言わない。

それは、無言の肯定とも取れる。

少なくともカオンは、そう考えて口角を吊《つ》り上げた。

「面白い。面白いことになった……！」

そして、堪《こら》えるような笑い方でそう口にする。

不気味な声が広間に響き渡った。

「ならば、それを利用させてもらうとしようか！」

カオンは立ち上がって、そう叫ぶ。

瞳に宿っていたのはひたすらに鈍い、憎しみに塗れた光だった。

第3章　暗殺部隊の少年。

「きょ、今日はクレオも来るのですね！」

「ごめんね、突然押しかける形になっちゃって」

「全然大丈夫なのですよ！　きっと、お父さんも喜んでくれるです！」

怪しい声の主と遭遇した翌日。

クエストを終えたボクとマリン、そしてマキの三人はオルザール宅を目指していた。本来ならば帰省の日ではないのだが、あのようなことがあったのだ。

警戒しておくに越したことはない。

ボク程度の力でも、ないよりはマシというところだった。

「エリオさんとキーンも連れてきたかったけど、大人数になるとゴウンさんに迷惑がかかるかもだし。その辺は仕方ないかなぁ……」

事情を説明した上で、戦力を整えようとも考えた。

しかしながら、不用意に危機感を煽《あお》るのも悪いと考えたのである。そのため今回は二人の参加はなし。マリンたちのことは、ボクとゴウンさんで守らなければならなかった。

「どうしたですか？　クレオさん、ずっと難しい顔してるです」

「え、あぁ……。大丈夫、なんでもないよ」

考え込んでいると、マキがこちらを覗《のぞ》きこんでくる。

ボクは急に現われた円《つぶ》らな瞳に驚くが、すぐに切り替えて少女の頭を撫《な》でた。

「それにしても、二人はずいぶん仲が良くなったんだね」

そして、大きく話題を変えることにする。

もうすぐでオルザール宅に到着するのだが、その場を繋《つな》ぐためだ。

「ええ、そうですわね。わたくしとマキには、共通点がありますの」

「へぇ～！　共通点、か」

ボクがそう答えると、マキがマリンの言葉を引き継ぐ。

「ですね！　――もっとも、それをクレオさんに話すわけにはいかないですけど」

「え、どうして……？」

その言葉に、ボクは首を傾げた。

すると二人の少女は互いに顔を見合わせ、呆《あき》れたように首を左右に振る。

「気付かないのは、クレオらしいですわ」

「ですね。これは、苦労するです」

「え……、え？」

ボクは頭の上に疑問符を浮かべ、彼女たちの表情を見た。

しかし結局、答えは与えられず仕舞い。そうこうしているうちに、ボクたちは目的地に辿り着くのだった。

「あれ、お父さんはまだ帰ってないみたいです」

玄関の施錠を確認して、マキがそう言う。

彼女曰《いわ》く、ゴウンさんはいつもなら昼過ぎに帰宅しているはず、とのこと。しかし、今日はどういったわけか、その様子が見受けられなかった。

少しだけ、嫌な予感がする。

しかし杞憂《きゆう》だと、そう自分に言い聞かせた。だが――。

「…………クレオ」

次の瞬間に背後から聞こえた声に、息を呑《の》んだ。

振り返るとそこには、ゴウンさんの姿。

しかし――。

「お父さん⁉」

「ゴウンさん⁉」

ボクとマキは即座に駆け寄る。

何故なら、目の前に現われた彼は――。

「すぐに、逃げろ……！」


全身から、おびただしい量の血を流し。

息も絶え絶えに、そう口にしていたのだから。

◆

「二人とも、ゴウンさんは……？」

「今は眠っていますわ。それでも、傷が想定以上に深くて……」

リビングに戻ってきたマリンに訊《たず》ねると、神妙な顔で彼女はそう言った。

「お父さん……ぐすっ」

「マキ……」

マキは先ほどからずっと泣いている。

あの日、決闘の際に負ったそれよりも重傷だった。その状態でここまで逃げてきたことが、奇跡であるとも言えるだろう。一命は取り留めたとマリンが説明してくれたが、それでもマキに与えた動揺は計り知れないものに思われた。

「やっぱり、昨日の……？」

しかし、申し訳ないが今はそこに気を割いている暇はない。

マキのことはマリンに任せて、ボクは昨日の出来事を思い返していた。

声の主はこう言っていた『かつてシンデリウスを去った者と、その家族を守ってみせよ』と。つまりはゴウンさんとマキ、この二人のことだった。

「………」

しかしそうなると何故、あの声の主はゴウンさんを逃がした……？

そんな疑問が浮かぶ。言葉の通りにするなら、確実にトドメを刺すはずだった。逃がすようなヘマをするだろうか。そしてそうなってくると、可能性として挙げられるのは、これ自体がなにかの布石であるということだ。

ボクはそこまで考えてから、マリンにこう告げる。

どうやら、来客のようだった。

「少し、外に出てくるよ」

「クレオ……？」

「大丈夫。それより、マキのことをお願いね」

心配そうにこちらを見る彼女に、そう言って外に出た。

すると、玄関先に立っていたのは――。

「キミが、昨日の……？」

「あぁ、そうだ。改めて挨拶させてもらおう――私は、クリスという」

一人の、少年と思しき人物だった。

闇に紛れるような黒装束に、銀の髪が映えている。

紅い眼差しだけが覗く覆面をしており、その顔立ちはハッキリとしなかった。小柄なクリスは、恭しく礼をした後にこう口にする。

「ファーシードを廃嫡されし者、クレオ。貴様はシンデリウスを去った者――ゴウンと、その娘マキを守る。その誓いに嘘《うそ》はないな？」

「…………どういう、意味だ？」

違和感を覚えるその言い方に、ボクは眉をひそめた。

そして問いを返したが、それにクリスが答えることはない。静かに懐からナイフを取り出し、姿勢を低くした。ボクは腰元から、同様に護身用の短剣を出す。

そこから先は、会話などなかった。

「――――」

「――――」


一息に、互いの距離を詰める。

刃と刃がぶつかり合い、高い金属音を発した。それを二度、三度、四度――数十回に亘《わた》って繰り返し、ようやく呼吸をするように、動きを止める。

最初の位置に戻り、クリスは笑ってこう言った。

「ククク、面白い。私の速度についてこられるとは……」

それはどこか、満足しているようで。

ボクはまだ彼が本気を出していないことに気付いた。

「これならば――」

次いで、少年は意味深に呟《つぶや》く。

後半はあまりに小さく、聞き取れなかった。ボクは素性の知れない相手との戦いに、ある種の不気味さを覚える。

それ故に気を抜くことはなかった。

だけど――。

「――今のは⁉」

他に、敵の気配などなかった。

そのはずなのに――。

「二人の、悲鳴……⁉」

家の中から、たしかに少女たちの悲鳴が聞こえた。

想定外の事態。

だが、これがシンデリウスの闇と向き合う、その始まりだった。

◆

「ゴウンさん⁉」

玄関から出てきたのは、眠っているはずの彼だった。

しかも、その腕には二人の少女を拘束している。苦悶《くもん》の表情を浮かべながら、その屈強な腕に力を込めていた。マリンとマキは、困惑と恐怖で顔を歪《ゆが》めている。

ボクは背後の少年に警戒しつつ、ゴウンさんをしっかりと観察した。

するとすぐに、あることに気付く。

「この、魔力の流れは――――！」

それは、一種の空気の流れのようなもの。

クリスから出た魔力が、ゴウンさんに向かっていた。

「呪術……！」

「ご明察だな。やはり、ここで殺すには惜しい」

ボクがそれを口にすると、少年は静かにそう口にする。

呪術――それは魔法の一つのカテゴリーであるが、同時に独自の進化を遂げたもの。普通の魔力運用はせず、呪いという形にして他者へ不利益を与えることを目的とされていた。今回はその中でも傀儡術《かいらいじゅつ》と呼ばれるものだろう。

「いま、その男は私の駒だ。さぁ――どうする、クレオ？」

クリスはこちらを試すようにそう言った。

たしかに、これは同時に三人を人質に取られたようなものである。ボクが圧倒的に不利な状況であり、形勢逆転といくには困難に思われた。

それを理解してか、少年の口調は余裕に満ちている。

だが、ボクには一つの手があった。

それは――。


「悪いね、クリス。ボクは――」

学園時代に、幅広く魔法を修めていてよかった。

そう思い、手を横に払う。すると文字通り、糸の切れた操り人形のように――。

「なに……!?」

「ボクは呪術もちょっとだけ得意なんだ」

ゴウンさんは、その場に倒れた。

ボクは少年の方へと振り返って短剣を構える。

「貴様、解呪したのか!?　――私の傀儡術を!!」

「素早さではボクより上だけど、呪術においてはこっちが上だったみたいだね」

「………………」

プライドが傷付けられたのか、クリスはその眼つきを鋭くした。

しかし、どこか納得したように頷《うなず》く。

「いや、これで良い。ならば貴様の力を計るとしよう……！」

そして、再びナイフを構えた。

彼には彼なりの考えがあるようだが、それがなにかは分からない。しかし、こちらに向かってくるというのなら、ボクはそれを相手にしよう。

そう考えて、ボクは静かに短剣を構えつつ――小さく魔法を詠唱した。

「行くぞ、クレオ‼」

直後にクリスがそう叫んで、ボクへと迫る。

それを真正面から受け止めて思うのは、やはりその速度は凄《すさ》まじいということ、だった。学園にもこれ程の素早さを秘めた者はいない。

正真正銘——ここからは、最速の戦い。

だが、ボクには策があった。

少年を跳ね飛ばしてから、一言こう告げる。

「ごめんね。あまり時間はかけていられないんだ——次で終わらせよう！」

「なに……⁉」

少年は距離を取って体勢を整えながらそう言った。

そこに向かってボクは駆け出す。彼もまた真正面からぶつかり合って——。


「な、そん——な⁉」

ボクは確実に『素早さ』で、勝利した。

クリスにとっては、なにが起こったのか理解できなかっただろう。

「ボクの、勝ちだ……！」

◆

「カカッ――なるほど、な。魔法による、身体能力の強化か……」

大の字に転がったクリスは愉快そうに笑いながら、そう判断を述べた。

そこに敗北の悔しさなどは感じられない。むしろ清々しいと、そう思っているように感じられ、ますますこの少年の考えが読めなくなっていた。

ボクは彼に注意を払いながら、ひとまずマリンとマキ、そしてゴウンさんのもとへと向かう。三人は比較的落ち着いており、無言で頷いてみせた。

「……マリン。もしかして、クリスのこと知ってる？」

「…………」

そんな中で、聖女に訊ねる。

すると彼女は押し黙り、目を伏せた。

「クレオ、アイツのことは俺も分かる。シンデリウスの暗殺部隊、その一人だ」

「暗殺、部隊……？」

沈黙が続くと、代わりにゴウンさんがそう口にする。

ボクは剣呑《けんのん》とした単語に、思わず眉間に皺《しわ》を寄せてしまった。それを見て彼は深呼吸一つ、マキに申し訳なさそうに話し始める。

「あぁ、そうだ……。シンデリウス家は元々、王家からの暗殺依頼を請け負って取り立てられた貴族。それが裏では、今でも色濃く残っているんだ」

「………！」

その明かされた事実に、息を呑んだ。

ボクの顔を見て、どこか呆れたようにゴウンさんは続ける。

「そんな成り立ちのせいもあってか、歪んじまっているんだよ。特に俺の親父や、その影響を受けたカオンなんかは——言っちゃ悪いが、破綻している」

その言葉に、マリンは顔を覆って泣き始めた。

ボクはあまりのことに言葉を失う。場に再びの沈黙が降りて、誰もが難しい表情を浮かべていた
——だがその沈黙を一人、破る者がいた。

暗殺部隊の少年——クリスだ。

「その通り！　そして今、この時――我が呪いは、一つの完成を迎える!!」

彼は、額から血を流しながら立ち上がる。

そして右腕を前に突き出し、拳を握り締めた。その瞬間――。

「あああああああああああああああああああああっ!?」

切り裂くような悲鳴が上がった。

その声の主は――。


「マリン!?」


――マリン・シンデリウス。

彼女は苦悶の表情を浮かべて、身体を震わせている。喉を掻《か》き毟《むし》り、目を充血させ、大粒の涙を流し、最後には吐瀉《としゃ》した。

その異様さにボクたちは呆気《あっけ》に取られ、ほんの僅かな隙が生まれる。

それが、致命的だった。

「――!?　ゴウンさん、危ない!!」

マリンは懐から護身用のナイフを取り出し、彼へと迫る。

そして――。

「かふっ……！」

それは、深々と彼の腹部に突き刺さっていた。

◆

――少女は、見えない鎖に繋がれていた。

それは一種の呪いと呼んで、間違いなかっただろう。

しかし後に少女は成長し、聖女と呼ばれるようになった。呪いをその身に宿した聖女という、皮肉な存在。その身を蝕《むしば》む、一族の都合のいい傀儡としての呪い。

「わたくし、は……！」

その少女――マリンはいま、自身の手から零れ落ちたナイフを見て震えている。

そして、膝をつき泣き崩れた。自分がしでかしたことの大きさに、恐怖を覚えたのである。たとえ操られていたとしても、たとえ自身の意思に反していても。

目の前に蹲《うずくま》る彼を刺したのは、他でもない自分だったから。

「ゴウンさん！　マキ、治癒魔法を‼」

「は、はいです！　お父さん‼」

二人の友人は、彼女を残して行動に移った。

それをマリンは呆然《ぼうぜん》として見つめる。

そして思うのだ。


「もう、わたくしは――」

――この輪の中には戻れない、と。


幸せだった。

今まで経験したことのない、温かさだった。

それなのに、自分の手で壊してしまったのだ。その心の揺れを見逃さず、背後から少年の声が聞こえた。それは、逃げ出したい彼女を誘う色をした声。

「さぁ、お嬢様。こちらへ……」

もはや、彼女に意思などない。

気付けば踵《きびす》を返して、ゆっくりと歩き出していた。ただ、一言――。

「ごめん、なさい……！」

それだけを、残して。

「マリン……」

少年――クレオは、それを聞いて振り返る。

誰もいなくなった場所を見て、少女の名前を口にした。

「…………！」

そして、拳を握り締める。

歯を食いしばって、怒りに表情を歪ませた。

口にするのは、憎き相手の名前。

それは――。


「……カオン・シンデリウスッ！」

渦を巻くような、温い風が吹き抜ける。

それが止《や》んだ時に、きっと戦いの火蓋は切って落とされたのだ。

◆

クリスは抜け殻のようになったマリンを連れて、足早に歩いていた。

ちらりと振り返り、その空虚な瞳を見る。

そして、その都度——。

「…………」

唇を噛《か》んだ。

血が滲《にじ》み出て、口内に鉄の味が広がっていく。

少年の心の内にあるのは、いかなるものであろうか、それは分からない。だが、その時に少年の口からこぼれた言葉は、一つの答えを示していた。

「必ず、私が——シンデリウスを壊します」

強い決意を持った響き。
それは、どこか遠くの約束を眺めるようなものだった。

第4章　クリス――願い。

カオンはクリスの報告を受けて、ほくそ笑んでいた。

憎きゴウンに致命傷を与え、手駒であるマリンの回収に成功したのだから。そこにはもはや父親としての顔はなく、歓喜に震える悪魔のそれがあった。

彼にとってゴウンの死は念願。

幼少期から比較され続け、謀略の果てにシンデリウスから追い出した後も、彼が存在しているという事実だけで気が狂いそうだった。

「く、くくくく――――あ、はははははははははは！」

暗い広間に、憎悪に支配された男の笑い声が響く。

人間のそれとは思えないほどに醜悪な声は、聞くに堪えないものだ。それはカオンの前で片膝をつき、頭《こうべ》を垂れる少年にとっても同じ。

主にバレないように、彼は眉間に皺《しわ》を寄せた。

――クリスの中に、カオンへの忠誠などない。

ただ今はまだ、その時ではない。

それ故に、真に愛している者さえも利用しているのだった。

しかし、表情が歪《ゆが》んでいくのを堪《こら》え切れない。

「………………」

覆面を外し、その美しい顔を晒《さら》したクリスは、血が滲《にじ》むほど強く唇を噛《か》んだ。そこにあるのは苦渋と言って違いないだろう。

彼はいま一時とはいえ、愛する少女――マリンを苦しめているのだ。

それがいかに悔しい選択であるかは、想像に難くない。

「良いぞ、クリス。――下がれ」

「………………失礼いたします」

ひとしきり笑い終えたカオンは、そう少年に告げた。

その声を聞いた瞬間に、クリスは今にでもカオンの首を刈り取ってやろうかと、そう考える。しかしそれは出来ない。もし今、手を出せば周囲に控える他の暗殺者によって殺されてしまう。

クリス一人の力では、覆せない。

必要なのは、圧倒的な力。それは、一つで良い。

ただ一人――あの少年が動いてくれれば、形勢は一気に逆転するだろう。

だから、今は我慢の時だった。

クリスはその顔から感情を消し去り、踵《きびす》を返す。そんな彼にカオンは言った。

「くくく――期待しているぞ、クリス」

「…………」

少年は答えずに立ち去る。

人でなしから向けられる期待などに、興味などなかった。彼にとって最も尊いのはあのとき、マリン・シンデリウスから向けられた、笑顔の記憶だけ。

ただそれだけ、なのだから……。

◆

「ゴウンさん、傷は大丈夫なんですか……？」

「あぁ、心配いらねぇ。出血はマキのお陰で治まったし、致命傷じゃないからな」

ボクは傷だらけのゴウンさんとそんな言葉を交わす。

マキの治癒魔法で回復した彼は、やせ我慢のようにも思える言葉を口にした。だが椅子に腰かけているものの、たしかに問題ないように感じられる。

こちらでも確認したが、傷口は完全に塞がり、呪いの類いもかけられていなかった。そのことが少しばかり意外ではあったが、不幸中の幸い、というやつか。

「いや、これはきっと——」

そう考えているのが顔に出ていたのか、ゴウンさんがこう言った。

「あのガキがわざと、こうなるように仕向けたんだ。致命傷のように見せかけて、本当なら殺せるところを殺しはしなかった」

「それは、どういうことですか？」

「誘われているんだよ、俺たちはな……」

「………………」

それは実際に襲われた身だから抱ける確信だろうか。

彼は渋い表情を浮かべながらも、ゆっくりと立ち上がった。

「クリスとか言ったか——あのガキは、俺のことを殺せる機会を何度も見逃している。どういうつもりかは分からねぇし、気に食わねぇが、何かあるはずだ」

そして、部屋の奥からあの日に使っていた戦斧《せんぷ》を取り出してくる。

鋭い眼差しに宿っていたのは、決意だと思われた。

「悪いな、クレオ……。少しばかり手伝ってほしい」

「ゴウンさん……？」

一度ゆっくりと目を閉じてから、彼は言う。

「これは俺の不始末であり、因縁だ。それを未来あるマキや、マリンのような子供に背負わせるのは間違っている。ここで、決着させせないといけない……！」

迷いを振り切るようにして。

ボクは、それを受けて一つ大きく頷《うなず》いた。

「分かりました。ボクも、大切な友人を助け出したい」

「おう、交渉成立だな」

こちらの言葉に、ニッと笑みを浮かべるゴウンさん。

その様子を見ていたマキは、胸に手を当てて祈るようにしてこう口を開いた。

「お父さん、僕も行くです」

そこにあるのは、彼女なりの決意。

きっと理由はボクと同じ。マリンの一人の友人として、親友として、彼女のことを救い出さなければならないと、そう考えているのだ。

そんな少女の気持ちを汲《く》んだのか、父であるゴウンさんは大きく頷いた。

「危なくなったら、すぐに逃げるんだぞ？」

「むぅ、僕だってもう一人前の冒険者なのです！　いつまでも、お父さんの後ろで震えていたような、子供じゃないですよ‼」

「へっ……。言うようになったじゃねぇか」

「これも全部、クレオさんたちのお陰なのです！」

親子のそんなやり取りを見届けて。

ボクは一つ息をついてから、こう宣言した。

「それじゃ、行きましょう！　ゴウンさん、案内を頼みます‼」

◆

マリンの部屋には、明かりがない。

それはまさしく、今の少女の心を表しているようでもあった。

「わたくしは、もう……」

口から出るのは、同じ文言ばかり。

窓の外に浮かぶ月を見上げて、それが嘲笑うかのような三日月になっているのを見て、マリンは静かに己の行いを恥じるのだった。

呪術のせいにしてはいけない。

あれはキッカケにしか過ぎないのだから。

「わたくしは、結局お父様に逆らうのが怖かった」

そうだった。

あの瞬間に少女の脳裏によぎったのは、間違いなくカオンの顔。

ここでその力に逆らえば、自分の身が危ないのだと、そう直感したのだ。だからこそ、ゴウンに刃を突き立てた。死には至らぬとも、クリスがなにかを施していると、マリンは考える。そして最悪の事態を想像しては、涙を流すのだった。


なにもかもを失った、と。


今までの努力も、なにもかもが泡沫《うたかた》と消えていく。

クレオから向けられた笑顔も、マキから与えられた温かさも。


「…………」

なにもかも失った。

マリンの瞳から、光が失われていく。

頬を伝う涙も、次第に回数を減らしていった。

彼女の胸に宿るのは諦念のみ。

夜は更けていく。それは、マリンの心のように暗く、深く……。

◆

少年はある日、一人の少女に恋をした。

感情というものが不要とされる一族の末端として生まれ落ち、そうあるべきだと信じて生きてきた彼にとって、それは予想しない出来事。

そんなイレギュラーは、なんの前触れもなく。

少年が屋敷の中をただ歩いている時に、偶然に起きたのだった。

『あれは……？』

大量の本を持って、フラフラと歩く子供がいる。

それがこの家の令嬢であると気付くのは、少し後のことだった。その時の少年はただ、このままでは転ぶぞ、としか思っていない。

とくに気にかけるつもりもなかったのだが、進行方向から来られては無視できなかった。そのため彼は、その女の子に声をかけたのである。

『………持ちましょうか?』

『あら、ありがとうございますですわ……!』

言って少年は、何冊かの本を抱えた。

それでも、少女の顔を確認することは出来ない。

『これを、どこまで?』

『もう少し先の、わたくしのお部屋ですわ……!』

それを聞いて、歩き始めた。

その道中のことだ。少年はあることに気付き、こう訊《たず》ねた。

『治癒魔法の、専門書……。子供が読んで、意味あるのですか?』

抱えている本のすべてが、大人でも首を傾げてしまうような難解な読み物であること。それをこんな幼い少女が目を通して、理解できるのか、と。

少年には少なくとも無駄に思われた。

何故なら、彼の中には大きな諦念ばかりがあったから。

生まれも育ちも良くない。

そんな自分は、努力をしてもたかが知れていた。

暗殺者の家系に生まれたことが、彼の心に深い闇を落としている。

『意味は、自分で決めますのよ！』

『え……？』

だが、そんな時だった。

少女がよろけながら、そう言ったのは。

『頑張った結果は、結果ですわ。それでも、そこに意味を見出すのは、その人の役目なのです。わたくしはまだ半人前ですが、いつか……！』

大きく頷くようにしてから、やっと顔を見せて少女は笑った。

そして、こう口にする。

『いつか、多くの方に認めてもらえるようになるのですわ……！』――と。

そこには、一点の曇りもない。

未来を信じる光が、あまりにも眩《まぶ》しかった。

『…………あ』
少年は見惚《みと》れた。
そして、同時に憧れを抱いた。
それがいずれ恋に変わり、愛へと昇華されるのは時間の問題だった。
それほどまでに、少女――マリンの笑顔は、希望に溢《あふ》れていたのだ。

『貴方には、なにか夢はありますか？』
『夢……？』
少年――クリスは、唐突に投げられた問いに呆《ほう》けた声を発する。
しかし、時間をかけて考えても答えはない。
彼に夢など、なかったから。
『きっと、いつか貴方にも夢が出来ますわ！　それを叶《かな》えましょうね！』
マリンは言って、また歩き出した。
クリスは少し遅れて、それを追いかける。

それは懐かしい記憶。

　クリスの中にある、生きる意味——その原風景だった。

◆

「あれが、マリンお嬢様……？」

「なんだ知らなかったのか。仮にも自分の雇い主、その娘だろう？」

「興味がないからな。知らないものは、知らないさ」

　クリスが、その少女の正体を知ったのは数日後のこと。

　どうやら彼女こそが、自分たち暗殺部隊の雇い主であるカオン・シンテリウス——その娘だったようだ。比較的よく話す同僚に訊ねて、ようやく答えを得た少年は小さく息をつく。

　なるほど、どうりで立ち振る舞いが綺麗《きれい》なはずだ。

　つまるところ最初から、彼女と自分は住む世界がまったく異なっている。胸に突き刺さったかのように思われたあの言葉も、恵まれた環境であるから出た綺麗事に過ぎないのだ。

　クリスは一時でも心を奪われたことを後悔した。

　期待しても意味がない、そう思う。

「しかし、治癒魔法……か」

そう思う――が、少年の思考は無意識のうちにマリンの方へと向かっていた。彼女の持っていた治癒魔法の本は、どれも高度なものであり、大人が研究として使用するものばかり。そういった点について、クリスはほんの少しの気がかりを覚えていた。

そう考えていると、自然と彼の足はマリンと出会った場所へ。

自分はなにに気を揉《も》んでいるのかと呆《あき》れつつ、出会うことができるか分からない少女の姿を探して歩いていると、不意に声をかけられた。

「あら、貴方は先日の親切な方ですわね？」

「……あぁ、いたのですね」

思考の渦に飲まれていたからか。

暗殺者としての未熟さが出たのかは分からないが、クリスはマリンに背後を取られていた。もっとも少女の方も、狙ったわけではなく偶然によるものだったが。

とかく、果たしてクリスは目的の人物に出会えたわけであった。

「ところで、治癒魔法の勉学は捗《はかど》っていますか？」

少年は、またも大量の本を抱える少女からいくつか受け取りつつ訊ねる。

すると彼女はちらり、覗《のぞ》いた瞳を不安に揺らしてこう答えた。

「い、いえ……それが、まったく意味が分からなくて……」

——だろうな、というのがクリスの感想。

余程の才覚の持ち主でない限り、基礎を飛ばして応用を可能とすることは無理があった。もし、それが可能であるとするならば、その者は聖女であると称《たた》えられるだろう。

門外漢であるクリスから見ても、マリンは間違いなく凡才の類いであると思われた。

「やはり、基礎の基礎から始めてはいかがですか？」

「………………」

そう考え、少年は少女にそう提案する。

だがしかし忠告を受けた彼女は、どういうわけか口を真一文字に結ぶのだった。

「……いかがなされましたか？」

「これは、できるなら一人で乗り越えたいのです」

「一人で乗り越えたい……？」

不思議に感じたクリスが訊《き》くと、マリンはそう言う。

いったい、どういう意味があっての言葉だろうか。そう思っていると——。

「少しだけ、わたくしの話を聞いて下さいますか……？」

マリンは、おもむろにそう口にするのだった。

◆

「――なるほど。そのクレオという少年に追いつきたい、と」

「はい……。それなのに、わたくしったら……」

マリンの部屋に招かれたクリスは、一通りの事情を聴いた。

彼女曰《いわ》く、クレオという少年が治癒魔法を使って自分を助けてくれたのだ、と。そんな彼に少しでも追いつきたいと、この少女はあのように必死になって頑張っていたのだった。

少年はそれを頭の中で整理して、顎に手を当てて少しだけ考え込む。

「情けない、ですわよね。あのように啖呵《たんか》を切っていたのに、いざ蓋を開けてみればこんな残念な結果なのですから……」

「…………」

その沈黙をどう受け取ったのか。

マリンは少々、自嘲気味に笑って頬を掻《か》くのだった。

自信喪失、ということなのだろう。それを感じ取ったクリスは、思わずこう返した。

「いいえ――」

なんてことのない、一般論を。

講談社ラノベ文庫

2022.1
ラノベ文庫通信
kodansha Lightnovel news

講談社ラノベ文庫&
Kラノベブックス
2022年1月の新刊
大好評発売中!!

1月新刊は
2021年12月28日頃発売!

「マガポケ」にてコミカライズ好評連載中!

日本語が話せないロシア人美少女転入生が頼れるのは、多言語マスターの俺1人 2

著:アサヒ　イラスト:飴玉コン　定価:726円(税込)

自分を排他してきた、母の親権を喪失させる——そう決心した伊織。ロシア人美少女転入生のチーナことクリスティーナをはじめ、悪友の総司ほか頼れる仲間たちとともに、証拠集めなどの行動に移った。そんな彼が目にしたのが……『初めまして! ララバイ新メンバーの、シオンでーす!』母親とともに対立している、姉の詩織のアイドルデビューだった! 詩織の影響力に対抗しつつ、オリバー大佐たちのサポートもあり、事態は解決へと向かう。そして、チーナと伊織の関係も深まり……!?『私たちってさ、不思議な似た者同士だよね』

「小説家になろう」の人気作、待望の続編! コミカライズも連載中!

講談社ラノベ文庫&Kラノベブックス×マガポケ最強コラボ実現!

人気Web小説を続々書籍化&漫画化!!

詳細はこちら➡http://lanove.kodansha.co.jp/official/magapoke

株式会社講談社新刊・新製品情報（ラノベ文庫通信）No.122　2022年1月　発行:講談社　編集:講談社ラノベ文庫編集部　2021年12月28日発行

〒112-8001 東京都文京区音羽2-12-21

千年の時を超えて、世界を崩壊から救え——！

七本の聖剣。七本の魔剣。七本の妖刀。原初の刀剣《トリニティ》と呼ばれるそれらによって引き起こされる、この世界を終わらせる災害——天災《アポカリプス》。最強の剣士サクヤは、次の天災を止めるという一族の悲願を果たすため、千年の眠りについた。そして目覚めたサクヤは、暴漢に襲われそうになっていた少女を助ける。すると彼女はこう言った——「わ、私の護衛になってくれませんか!?」 彼女は次の天災が起きるフレイディル王国の王女アイリスで、魔法騎士学院入学のための護衛を探していたらしい。依頼を請けるサクヤだが、アイリスは呪われた聖王女《カースドプリンセス》という異名を持っていて……!? 聖剣、魔剣、妖刀——三つの刀剣を巡る王道学園ファンタジー開幕！

新作

七聖剣と魔剣の姫

著：御子柴奈々　イラスト：ファルまろ　定価：726円（税込）

講談社ラノベ文庫

「男《オレ》」と「女《わたし》」で、君を絶対に守り抜く——。

「人間」と「魔人」が魔術によってしのぎを削るヴェルナンド大陸。オルレリア王国特務課のエージェントであるユージ＝エーベルトは、性的興奮をきっかけに性別が反転する特異体質——逆転性多重身体障害《アナザー・エゴ》という異能の持ち主であった。そんな彼に下る新たな命令は、人間最強の魔術師家系に生まれた少女、シャル＝マリリアの護衛任務だった。ユージは女の姿・ユーリとして魔術学院に通いながら、シャルを秘密裏に護衛することに。しかしとあるきっかけで、シャルに男女逆転体質の秘密を知られてしまったユージは、魔術の才能に恵まれなかった彼女の師になることに——！
第12回ラノベ文庫新人賞《佳作》受賞のTS学園魔法ファンタジー！

新作

アナザー・エゴ

男女逆転の執行者《エージェント》は、世界最弱の令嬢を護衛する

講談社ラノベ文庫　著：生輝圭吾　イラスト：motto　定価：770円（税込）

「情けなくなど、ないですよ。誰も、最初は上手くいかないものです」

それは、本当に当たり前のこと。

「そう、なのですか……？」

「ええ、そうです。きっとそのクレオというご友人も、最初は失敗したはずです」

だというのに、マリンは心底驚いたようにクリスの顔を見るのだった。

まるで最初から失敗が許されないと、そのように考えていたように。彼女は不思議そうに首を傾げた。クリスは真っすぐな彼女の視線に、頬が熱くなるのを感じる。

そして思わず視線を逸らしながら、こう言うのだった。

「何かを学び、会得するには先駆者に相談するのですよ。私もこの屋敷にいる者たちから、最初は基礎を教わりました」

「何の基礎、ですか？」

「そこは触れないでいただきたい」

間違っても『暗殺技術です』などと、答えられるはずがない。

クリスは思い切り話題を変えるため、わざとらしく咳払《せきばら》いを一つ。そして、ちらりとマリンの純粋な眼差しを見つめ返しながらこう言った。

「自分一人で抱え込むのは、やめましょう。そのご友人も、貴方と共に頑張ったことを大切にしたい、と言ったのでしょう?」——と。

クレオの言葉を借りながら。

マリンという少女の凝り固まった考えを、少しだけ解《ほぐ》すようにして。

「あぁ……!」

クリスの指摘を聞いて、彼女はようやく瞳を輝かせた。

次いで興奮したように彼の手を取ると、嬉《うれ》しそうに笑いながらこう言う。

「ありがとうございます、親切な方! ……わたくし、頑張りますわっ!」

互いの呼吸が重なるような、熱っぽい距離感で。

マリンは無自覚だろう。だけども、クリスにとってはたまったものではなかった。

「い、いいえ! ……お気になさらず」

慌てて少女の手を振り解《ほど》くと、真っ赤になった顔を隠すためにうつむいてしまう。

しかし、そんな相手の変化に気付かずに、マリンは意気軒昂《けんこう》とこう宣言するのだった。

「わたくし、クレオから治癒魔法の基礎を教わってきますわ!」

その言葉に対して、クリスはようやく気を取り直す。

そうして気付くのだ。自分が——。

「あぁ、そうですね……」

――『分不相応な感情』を、抱いているということに。

珍しく、小さな笑みを浮かべたクリス。

この時からだったのかもしれない。

少年が、クレオという光を意識し始めたのは……。

◆

また、ある日のことだった。

「あ！　お時間よろしいですか？」

「……お嬢様。ただの使用人である私に、気安くお声がけしないように……」

「構わないではありませんか。わたくしは、少なくとも気にしませんし」

「……その奔放さは、いったい誰に似たのですか」

クリスが同僚の暗殺者と、たまの休暇を過ごしていた時のこと。

使用人の控室にマリンがやってきて、半ば強引に彼のことを連れ出したのだった。他の暗殺者である同僚たちは、どこか緊張したような、しかし面白がっているような、なんとも言えない表情で彼らを送り出す。その対応にクリスは一言したいと感じたが、マリンの手前、ぐっと堪えることにした。

「それで、今日はいかがなされたのですか……？」

そしてため息一つ。

呆れをマリンに気取られないよう注意を払いつつ、彼はそう訊ねた。すると、

「いえ、これといった理由はありませんわ！」

「…………は？」

シンデリウス家令嬢は、どうということもない、と言った風に答える。

それにはクリスも思わず、どこか冷めた目を向けてしまった。

だがマリンは気にすることなく、彼の手を取る。

「いいから、行きましょう？　今日は中庭の日差しが暖かいですわよ！」

「……って、ちょっと待ってください⁉」

駆け出すマリン。

慌てて、彼女が転ばないように足を動かすクリス。

あまりに突拍子のない彼女の行動に、少年も思わず目を回してしまうのだった。

◆

中庭にやってくると、マリンは中央にある長椅子に腰かける。

クリスに隣へと座るよう促し、ニコニコとした表情を浮かべるのだった。少年は無邪気な彼女に対して、思わず苦笑いしつつ従う。

そうするとマリンは満足げに頷いて、嬉しそうにこう語るのだった。

「今日、クレオに治癒魔法を教わってきましたの！」

「あぁ、例の少年に……」

その話か、とクリスは納得する。

どうやら彼の言葉の通り、少女はクレオに教えを請うたようだ。

「そうしたら、クレオも最初は苦労したって話してくれました。その上で、わたくしは自分よりも筋が良いと言ってくれましたのよ！」

「へぇ、凄いな……」

「えっへん、ですわ！」

年齢の割に豊かな胸を張るマリン。

そんな彼女を見ながら、クリスが感心したのはクレオに対してだった。

他人に物事を教えるというのは、並大抵のことではない。相手の気持ちを察する能力や、その物事に対するより深い知識が必要になってくる。さらにはマリンという個人の素質を見抜き、最適解を導き出す頭の良さも重要になってくるであろう。

暗殺技術という別分野であるが、クリスはそれを日々痛感していた。

だからこそ、クレオという少年の能力の高さが分かる。

「いつか、会ってみたいな。その少年に……」

素直にそう思った。

クリスが無意識に口にすると、目を輝かせたのはマリンだ。

「ぜひ！　今度、ご一緒にお茶をしましょう！」

「…………は？」

少年の手を取って。

その仕草は、まるで親しい友人にするようなもの。

同年代にそういった相手がいないクリスは、完全に面食らってしまった。しかし、対するマリンは『名案だ！』といった表情で話を進めるのだ。

「いつに致しますか？　わたくしとしては、三日後くらいに――」

「ちょ、ちょっとお待ちください、お嬢様⁉　私は一介の使用人に過ぎませんよ⁉」

――これ以上は駄目だ。

そう直感した少年は、勢いよくマリンの手を振り解く。

すると彼女はどこか意外そうな顔をして、首を傾げてしまうのだった。

「いけませんの……？」

さらには、潤んだ瞳でクリスを上目遣いに見てくる。

だがここで負けてはいけない。咳払いを一つして、彼は令嬢にこう告げた。

「お嬢様は少々、奔放が過ぎます。一般的に貴族と使用人は、このように話すこともない。ましてや一緒に茶会をするなどというのは、言語道断です」

「…………」

ハッキリと。

そんなクリスの言葉を聞いて、マリンはほんの少し困ったような表情を浮かべた。そして、

「申し訳ございません、でしたわ。わたくしのお母様が特別、だったのですね……？」

そう、口にするのだ。

その言葉に少年は、なにか得体の知れない違和感を覚える。

だから自然と、こう訊ねていた。

「……特別、とは？」

すると、マリンは苦笑しつつ頬を掻いて語るのだ。

「実は――」

一度、そこで言葉を切って。

小さな覚悟を決めたようにしてから。

「わたくしのお母様は、この家の給仕だったそうなのです」――と。


それを聞いて、クリスは眉をひそめた。

しかし怪訝《けげん》な態度を覚《さと》られてはならないと、そう考える。黙ったままでいると、マリンはさらに続けてこう話すのだった。

「わたくしが小さい頃に、亡くなってしまったそうですけれど。給仕をしていたお母様と、お父様の間に生まれたことで、わたくしには友達がいませんでした」

「…………」

その内容は、天真爛漫《てんしんらんまん》に笑う少女に似つかわしくない物語。

片親の顔すら知らず、クレオという少年に出会うまでずっと孤独に生きてきた。その足跡はまるで――。

「……私と同じ、か」

――自分の過去と重なるようであった、と。

クリスは考えた。

「え……？」

「私と同じですね、お嬢様。私にも親がおらず、友人もいませんから」

また首を傾げるマリンに、少年はそう言った。

そして、自身の境遇について考える。

「私の両親は、私が生まれて間もなく仕事で命を落としました」

とある暗殺依頼の際に、クリスの両親は共に死した。

それ以来、彼は同業の者たちによって育てられてきたのだ。もっとも、そこにあったのは愛情とはかけ離れたもの。いうなれば、今後の戦力を育成するという義務、というものだった。

そんな境遇であったからクリスには当然、友人と思える相手はいなかった。

周囲にいる同僚は、どれも利害関係によって結ばれている。

「…………」

空に浮かぶ太陽に、手をかざしてみた。

伸ばしても手は届かない、眩《まばゆ》い輝き。

自分という存在には、縁遠いであろうものだ。そう、思っていた。だが――。

「大丈夫、ですわよ」

「え……？」

その時だった。

「貴方はもう、一人ではありませんわ」

マリンがクリスの伸ばした手を取って、微笑んだのは。

「貴方とわたくしは、もう友達ですから」

「お嬢様……？」

そして、少女は少年に告げるのだった。

自分たちはもう、知らない者同士ではなく友人同士だ、と。

信じられない言葉に違いない。一介の使用人に過ぎず、裏では暗殺組織に身を置いている、そんな自分に対して『友達だ』と、声をかける少女がいるとは。

特殊な境遇故か、はたまたマリンという少女だから、なのか。

もしくは、これもまた『あの少年』の影響なのか。

「さて、そうなると大事なことができましたわ！」

「大事なこと、ですか……？」

「ええ、そうです！」

そう考えていると、マリンはクリスに言った。

「貴方のお名前、教えてくださいませんか？」——と。

――あぁ、そうか。

それを聞いて少年は、ある一つ、根拠のない確信を得た。

きっとこれは、クレオがマリンにやったことの、繰り返しなのだろう――と。

「……そう、ですね」

だったら、自分はどう答えるべきなのか。

ふっと笑みを浮かべてから、クリスはゆっくりと立ち上がって言った。

「お嬢様、私は――」

ちらり、こちらを見上げる少女の呆けた顔を愛おしげに見て。

「名乗るほどの者では、ありませんよ」――と。


きっと自分の存在は、重荷になるだろう。

そう察した少年は、僅かに一歩引いてみせたのだ。

貴族と使用人、暗殺者の関係は遠いものでなければならない。でも、もしも自分の力が彼女に必要となる時があるのなら……。

「私は――」

クリスはもう一度、空に浮かぶ日を見上げた。

そして、伸ばした手を握りしめる。

「…………」

言葉にはせず、ただただ少年は決意を固めたのだった。

◆

それから間もなく。

「……カオン様、いかがいたしましたか」

「くくく、そう固くなるな。今日はお前にとって、悪くない話をするつもりだ」

当主であるカオンから、呼び出しを受けたクリス。

椅子に腰かけた主はニヤリと笑い、少年を見つめた。その視線はどこか薄気味悪く、未熟だったクリスは眉をひそめてしまう。そんな彼の様子を察して、主はまた笑うのだ。

悪くない話、とは何だろうか。

　クリスは自身の顔色に気を付けながら、カオンの言葉について考えた。すると、

「お前――クリスは最近、娘のマリンと親しくしているそうだな」

「…………え？」

　相手の指摘に、思わず声を漏らす。

　たしかに主の言うことは、間違いではないように思われた。同僚の誰かが報告したのか、それは謎であったが大きな問題ではない。

　問題なのは、気安くマリンに接近したことだ。

　それを咎《とが》められると感じたクリスは、即座に深々と頭を下げる。

「申し訳ございません。これからは、身の程を弁《わきま》え――」

「……待て。なにか、勘違いしているようだな」

「え……？」

　だが、それを妨げたのは主だった。

　カオンは言うと立ち上がり、クリスのもとへとやってくる。そして、

「私は、悪くない話をする、と言ったはずだ」

　そう耳元で囁《ささや》き、肩に手を置いた。

　クリスはもはや怪訝な表情を隠すことはできない。相手がいったいなにを考えているのか、それがあまりに不明瞭で、とかく居心地が悪かった。

だがそんな感覚とは正反対に、カオンはクリスにこう告げる。

「……クリス。お前には、マリンの身辺警護を任せたい」——と。

それは、思ってもない提案だった。

近づくなと念押しされるならともかく、さらにかかわりを持て、とは。

「いったい、なんのつもりですか……？」

相手が主であることを忘れ、クリスはそう訊ねた。

するとカオンは笑って、さも当然であるといったように言う。

「なに、私は娘のことを案じているだけさ」

「………」

優しげな声色で。

しかし、クリスは気付いていた。

この男にはなにか、底知れない闇がある、ということに。

「さぁ、答えを聞こうか……？」

だが、その正体が分からない。

だからクリスは深々と頭を下げながら、こう答えるのだった。

「……私で、よろしければ」

するとカオンは、満足げに頷く。

そして退室を命じられ、少年は素直にそれに従った。

「………………」

廊下を歩きながら、考える。

主——カオンはいったい、自分に何をさせようとしているのか。だが、あまりに判断材料が足りない。思考は堂々巡りを繰り返した。

その中で、クリスはこう思う。

「いずれにせよ、私のやることは一つだ」——と。

自分は、マリンが笑っていられる場所を守る。

そのためにこの身を捧《ささ》げるのだ、と。

「それだけは、ハッキリしている」

当主の思惑など、どうでも良い。

自分はマリンの障害となるものを排除し続ける。

少年はそう結論付けて、また歩き出した。

◆

クリスは、マリンの部屋の前に立ってそれを思い返す。

あの日から少年の夢、目標は決まっていた。

「お嬢様。私が、必ず貴方を――」

そこまで口にしてから、突然に彼は口に手を当てて咳《せ》き込んだ。

しかしその後、少年の手にあったのは――血の塊。

「…………」

冷めた目で、自身の手に付着したそれを見つめる。

手拭いでふき取って、仕舞う。

そしてクリスは、何事もなかったように歩き出すのだった。

◆

マリンの家は、富裕層の住まう地区の少し外れにあった。

今まで気にしたことはなかったけど、それも彼女の家の成り立ちからくるもの、なのかもしれない。しかしいまはそんなことどうでもいい。

ボクとマキ、そしてゴウンさんは装備を整えて最後の直線を駆けていた。

「ゴウンさん、傷は大丈夫ですか？」

「今さらそんなこと、気にすんじゃねぇよ。それに大丈夫だとか、そんなレベルの話じゃねぇ――これは、俺が行かなきゃならねぇ戦いだ」

「…………分かりました」

その最中に、ボクはゴウンさんに声をかける。

すると彼は鋭い口調で、そう答えた。

「それよりも、どうやら敵さんのお出ましのようだぜ……？」

そして、不意に足を止めてそう口にする。

ボクとマキもそれにならって止まり、周囲に注意を払った。現在地はマリンの家の中庭。ここまであまりに無警戒に進めたのは、誘い込まれていたということか。

分かったのは周囲の木々や建物の陰に、人の気配がするということ。

おそらくは、シンデリウスの暗殺部隊だった。

「………」

ボクはその数を確認してから、ゴウンさんにこう伝える。

「マキを連れて、先に行ってください」

すると彼は、少し驚いたような顔をした。

「おい、クレオ。さすがにこの数は……！」

「大丈夫ですよ、ゴウンさん。だって、ボクは――」

それに対して、こちらは笑って答える。

「どんな戦況下の実戦でも、2位だったんですから！」

「クレオ……！」

ボクの言葉にゴウンさんはしばし、どこか不安そうな表情を浮かべた。しかし、ちらりと傍らのマキを見てから覚悟を決めたように頷く。

「任せても、良いか？」

訊ねられた時にはもう、答えは決まっていた。

ボクは彼らに背を向けて剣を構え、一つ息をつきながら言う。

「当たり前です。だから、どうかマリンを頼みます！」

「……分かった！　マキ、一気に駆け抜けるぞ!!」

「はいです、お父さん!!」

それと同時に、マキとゴウンさんは一直線に駆けだした。二人の足音と、周囲の気配に注意を払う。暗殺部隊が動く様子はなかった。

なにか様子がおかしい。

「これは、もしかして……」

ボクの中には、いくつかの違和感が浮かび上がった。

だが、今はまだそれの正体を確かめる余裕はない。ざっと確認して、千余人の暗殺者を前にした状況下で、油断を見せることなんてできなかった。

「さっきは勢いで言ったけど、なかなかに厳しいかも……」

ゴウンさんが走り去った中庭に立ち、集中力を高める。

一対多の戦い方も、もちろん身に付けていた。それでもやはり、キツイものはキツイ。何故ならここは、命の保証がなされていた学園ではないから。

相手は本気で、ボクの命を刈り取ろうとしているのだ。

それでも、やるしかない。

だから——。

「それじゃ――」


言って、全身に魔力を巡らせた。

そうすることで身体能力の向上により、指先まで感覚が澄み渡っていく。五感も鋭く変化し、どこに何人の敵が隠れているのかが分かった。

拳を握り締め、一つ大きく深呼吸をする。

そして、声を張り上げて宣言した。


「――始めようか!!」

◆

「おかしい、警備が手薄すぎる……」

「お父さん。それって、つまりはどういうことです?」

廊下を走りながら、ゴウンはそう漏らす。

するとと娘はそんな父の言葉に、不安げな声で訊ねた。ゆっくりと速度を落としながら、父は周囲に注意を払い、マキに止まるように指示を出す。

立ち止まった彼らは、静まり返った豪邸の中で息を整えた。

ゴウンは誰もいないことを確認した後に、それでも小さな声で言う。

「警備の配置が極端すぎるんだ。普通ならカオンのもとへ近付くにつれて、人手も多くなっていくはず――それがどういうわけか、むしろ減ってきてやがる」

「…………」

「これは、追い詰めているというよりも――」

――誘い込まれているようだ、と。

その言葉を呑《の》み込むゴウン。

傍にいる娘が、不安にならないようにするためだろう。しかし、いつまでもそんな扱いをしている余裕もないことは、彼も分かっていた。

再び歩を進めながら、自身の残した因縁を思い返す。

「俺が、決着を……」

そして、そう呟《つぶや》く。

弟であるカオンとは、昔から考え方が合わなかった。どこか相手を見下した態度を取る節がある彼のことを、兄ながら好むことはできなかったのである。

その最たる例は、自分がシンデリウスを廃嫡された時のこと。

ナキと自分を目の前にしたカオンは、まるでゴミを見るような目をしてみせた。それこそ汚物を見るようでもあり、同時に勝ち誇ったような表情でもあり。

とかくゴウンにとって、ナキに対する態度は許せなかった。

責められるのは自分だけで良いはずだ、と。

「ナキ……」

そして、ふと思い出した。

「いや、どうして今さら……？」

ゴウンは眉をひそめる。

たしか、あの時のカオンはナキを知っているようだった。

そして今は亡き妻もまた、どこか弟を警戒している雰囲気であったと思う。もちろん当時のナキは、シンデリウス家の給仕の一人だ。だから、カオンと顔見知りになっていても違和感はない。

ただ二人の間にあったのは、そのように軽い印象のものではなかった。

言ってしまえば、妻は弟を恨んでいるようでもあって……。

「……お父さん？」

「あ、あぁ……。すまない、マキ」

しかし、そこまで考えた時。

一つの扉の前で唐突に立ち止まったゴウンに、マキが不安げな声をかけた。そんな彼女の様子に気付き、父は気持ちを切り替える。

考えるのはこの戦いが終わってからでいい。

今はとにかく、マリンの救出が最優先だ。

「マキ、この先にカオンがいる」

戦斧を手に取って、ゴウンは迷いを振り切るようにそう言った。たどり着いた扉の先には、おそらく弟が待っているだろう。何故だか、そんな確信があった。

そのことは、どうやら娘も感じ取っているらしい。

「…………はい、です」

マキが静かに頷いた。

どうやら、この先の戦いを受け入れる準備はできたらしい。ゴウンはそれを確認して、ひと際大きな扉を押し開ける。

すると、その先には――。


「やあ、会いたかったよ――――兄さん？」

――弟、カオン・シンデリウス。

白々しいセリフを口にして、両手を広げる長身痩躯《そうく》の優男。

その傍らには、マリンの姿があった。

◆

「つ、強すぎる……！」

「化物か⁉　——なんだコイツは‼」

過半数を退けた頃からだろうか。

暗殺部隊の者たちは、口々にそう言いながら敗走を始めた。それでも何人かは、なにかに突き動かされるように襲いかかってきたので、ひとまず眠ってもらう。

手応えからして、ここに集まっているのは手練れではないのかもしれない。

そう考えると、早く二人に合流しなければと、気が焦った。

そんな時だ。

「やはり、貴様は規格外だな……」

「クリス……？」

暗殺部隊の中で唯一名を知る、少年が姿を現したのは。

クリスは堂々と歩み寄り、他の暗殺部隊に下がるよう指示を出した。ボクはそれを見て、ゆっくりと手に持った短剣を下ろす。

「おや、戦わないのか？」

「そっちだって、戦うつもりはない、でしょ？」

それを見て、小さく笑いながら少年はそう言った。

彼の言葉にボクは、少しだけ首を傾げて答える。するとどうやら、こちらの読みは当たっていたらしく、クリスは覆面を外してその綺麗な顔を晒した。

口角を上げて、不敵に微笑みながら。

美形の少年は一言、こう語った。

「――――この状況ならば、降参しても仕方ない、だろうな」

ナイフを投げ捨てて、両手を上げる。

そんな彼の姿を見てから、他の暗殺部隊も同じ行動を取った。

「クリス、キミの目的を教えてほしい。キミは――――」

そんな光景を目の当たりにして、確信に変わったそれを口にする。

「どうやって、マリンのことを救うつもりなの……？」

クリスは笑った。

とても、悲しそうに。

胸を押さえて、口の端から血を流しながら……。

◆

「ほらほらほらほら！　どうしたんだい、兄さん!!　自慢の剛腕で、マリンのことをへし折れば済む話じゃないかぁ!!」

「くそ、このゲス野郎が……！」

顔を伏せながらも、的確に急所を狙ってくるマリンのナイフ。

それを回避しながらゴウンは舌を打った。広間に響き渡るカオンの耳障りな甲高い声を聞き、思わず我を失いそうになるが、彼は必死にこらえる。

ここで手を出せば、それこそ以前と同じ道をたどってしまうから……。

「お父さん……！」

「マキは下がってろ！　……カオンの呪術のせいで、マリンは見境ねぇからな」

「そんな……」

ゴウンの言葉に、マキは息を呑んだ。

十中八九、彼の見立ては正しい。マリンを突き動かしているのは、呪術による精神汚染に他ならなかった。それは恐怖による束縛であり、支配。

舞うようにナイフを振るう度、マリンの目元からは雫《しずく》が跳ねていた。

意思に反するが故に、泣いているのだ。

「マリンさん……！」

父に襲いかかる彼女を見て、マキは口元を押さえる。

しかし、数秒の間を置いた後に、勇気を振り絞ったようにこう叫んだ。

「マリンさん――」

それは、昨日のこと。

マキに向かって、消え入るような声で誓ったこと。

「貴方は、もう迷わないのではなかったのですか⁉　自分の意思で前に進みたいって、言っていたではないですか‼　マリンさん、貴方は――」

それを、声を大にして言うのだ。

「もう、自由になれるはずなんです……!!」

胸の前で拳を握り締めて。

大粒の涙を流しながら、マリンに訴えかける。

「ほう、自由――か」

だが、それに応えたのは彼女ではなかった。

カオン・シンデリウス――すなわち、すべての元凶。

「この家を出て、お前を認める者がどれだけ減るか分かっているのか？　なぁ、そうだろう――」

ニタリと笑って、彼はマリンをこう称した。

「『偽りの聖女』よ」――と。

◆

「そんなこと、あってたまるか……！」

ボクは一人、シンデリウス家の広間を目指して、一直線に駆けていた。

気は急いていく。無理矢理にそれを抑えつけてみるが、それ以上に湧き上がってくる感情があった。

それは他でもなく――怒り。

「カオン・シンデリウス――お前は、どこまで外道に堕ちる……⁉」

シンデリウス家現当主への、これ以上ない怒りだった。

マリンのことだけでも、今までにないほどに怒りを感じたというのに。先ほど相対したクリスから聞かされた話は、さらにそれを底上げした。

「死の呪い――呪術の中でも、禁忌とされるものを……！」

クリスの身にかけられていたのは誰もが怖《おそ》れ、禁じた術。

簡単に言えば、自身に逆らった者の身体を蝕《むしば》み、死に至らしめる術だった。クリスは己の意思に反して、カオンの指示に従っていた傀儡《かいらい》に過ぎない。

いいや、傀儡なんて生温い。

それはそう、道具以下の扱いだった。

『私は後から追いかける。少しばかり、命令に反し過ぎた……』

少年はそう言って、その場に崩れ落ちた。

ボクは彼が呼吸をしているのを確認してから、広間を目指して走り出す。小さな会話で、クリスという少年の想いを受け取った。
だからこそ、ボクは怒りに震える。
純粋な人々の心を弄び、利用し、捨てる彼のやり方に……。

「カオン……！」

そして、ボクは見た。
その男の歪んだ微笑みを。
だが、それより前に視界に飛び込んできたのは――。

「マキ……!?」

少女――マキがその身で、マリンのナイフを受け止めている姿。
ゴウンさんの腕の中に崩れ落ちていく、その姿だった。

第5章　一人じゃない。

——数十分前。

「『偽りの聖女』……？」

カオンの言葉に、マキは首を傾げた。

対してマリンは目を大きく見開き、絶望に表情を歪《ゆが》める。それは知られたくなかった事実を、明るみに出されたと、まさしく語っているようだった。

「そうだ。マリンは周囲からの羨望を集めるために用意した、まやかしの聖女——この子自身も、そうなることを望んでいたからね。認められたい、認められたい、と……！　なんとも滑稽で、面白いじゃないか！　私はただ父親として、マリンの夢を叶《かな》えたまでだよ？　なんと美しい親子愛だと思わないかい⁉」

「……カオン、てめぇ！」

ゴウンがそれを聞いて、意味を理解して叫んだ。

すなわち、マリンは天啓を受けた『聖女』ではなかったということ。そうだと語られ、作り上げられた存在だということだった。

　カオンの語ったことは事実なのだろう。

　それは、怯《おび》えて首を何度も左右に振ってみせるマリンを見れば明らかだった。

「お父、様……？」

「いやぁ、すまないねマリン。でもいずれ、嘘《うそ》というものはバレるものさ。遅いか早いか、それだけの差でしかないだろう？　だったら、今バレても大丈夫だ」

「そ、そんな……！」

「それに、みんなに認められたいと、そう最初に願ったのはマリンじゃないか。私は周囲に根回しをして、お前が聖女と呼ばれる舞台を用意しただけ」

　くつくつと笑うカオン。

　そんな父を見て、ナイフを取り落とす娘。

　ゴウンとマキは言い知れぬ嫌悪感を抱いて、カオンを見ていた。純粋な少女の願いを踏み躙《にじ》り続けていた、最低の男に向けられる眼差し。

　それすらも心地好いと、そう言う風にカオンは嘲笑うのだ。

「てめぇは、なにがしたいんだ……。自分の娘だろう……？」

「お父さん……」

　歯を食いしばりながら、ゴウンは弟であった男に問いかけた。

すると、その者はどこか冷めた表情で答える。

「そんなもの、決まっている――」

兄だった彼を見て、憎しみに満ちた声で。

「恵まれた生まれである貴様に、私の苦しみを思い知らせるためだ」

ハッキリと、そう口にした。

「恵まれて、いた……？」

「気付かないものだな。そもそもゴウン、お前は正室の子として生まれ――私の生まれが、妾《めかけ》であったことを知らないだろう？」

カオンの言葉に、眉をひそめるゴウン。

それを見て、改めて自身の生い立ちを語り始めるシンデリウス家現当主。彼はどこか興味を失ったようにも思える口振りで、こう話した。

「私は妾との間に生まれた子だ。暗殺部隊の女と、先代との間にな？」

――そして、ずっと疎まれ続けていたのだ、と。

カオンは鼻で笑い、ゴウンを見下す。

「お前が受けてきた悲惨と思しき運命は、私のそれをなぞったに過ぎない。――どうだった？　自分が悲劇の中で生きてきたと、そう錯覚する感覚は」

「カオン、お前……」

ゴウンは戦斧《せんぷ》を下げて、戦意を失った眼差しを向けた。

その様子に、カオンはニッと口角を吊《つ》り上げる。

そして、トドメとばかりに――。

「まぁ、せっかくだ。マリンの母親の名前を教えてやろう」

「な、に……？」

こう告げた。

「ナキ・オルザール、だ」――と。

それを聞いた瞬間に、ゴウンの目の色が変わった。

何故ならそれは――。

「カオン、てめぇ……っ！」

――ゴウンの愛した、女性の名前だったのだから。

「はっはははははは！　おかしいだろう⁉　お前は私が差し向けた女を愛した‼　私が要らぬと捨てた女に魅了された、哀れな男だ‼」

「ふざけやがってえぇぇぇぇぇぇっ⁉」

カオンの笑い声が響く中。

ゴウンは、戦斧を手に走り出した。

だが、彼らの間に割って入ったのは――。

「な……⁉」

「ほう……？」

マキとマリン、二人の少女だった。

「マリンさんは、ほんの少しだけ臆病さん、なのです」

「マキ、どうし………て？」

自身のナイフが幼い少女を貫いたことを覚《さと》り、マリンは喉を震わせた。

そんな彼女に、少女は小さく笑いかける。頬を優しく撫《な》で、震える瞳に慈愛の光を湛《たた》えて。痛みがあるはずなのに、そこにあるのはマリンへの慈しみだけだった。

そして、少女――マキは、こう口にする。

そっと、微笑んで。

「大丈夫なのです。もっと、みんなを信じて……」

直後にマキは崩れ落ちた。

父の腕の中で、苦しげな表情を浮かべながら。

◆

「――マキっ!!」

ボクは三人のもとへと駆け寄って、腰を落とした。

マキの受けた傷は深い。止めどなく血が溢《あふ》れだしており、ゴウンさんの負ったそれよりも、致命的であるというのはすぐに分かった。

とっさに治癒魔法を施すが、それでも気休め程度。

すぐに視線を持ち上げ、呆然《ぼうぜん》と立ち尽くすマリンに声をかけた。

「マリン……！　早く、マキへの治癒魔法を!!」

「え………？」

するとようやく我に返ったのか、彼女は息を呑《の》んだ。

そして、自らの手に付着した少女の血を見て、大きく肩を震わせる。

「わたくし、は……また……！」

また――。

また、逆らえなかった。

その場にへたり込んだマリンは、瞬き一つせずに大粒の涙を流す。

「分かっているのに……！」

ボクは彼女の呟《つぶや》きの意味を知っている。

彼女の中にある呪術は、その大半がカオンへの恐怖を根源とするものだ。同時に、自分は認められていないということへの恐怖。

そのロジックをすべて、クリスから聞いた。

つまるところ、マリンは寄る辺なきことが恐ろしいのだ。

聖女としてしか自分は認められていないと考え、カオンの生み出したそれに縛られ、奴に逆らうという選択肢が取れなくなっている。

そして、それはマリン自身も分かっていた。

己の弱さを。あまりに不安定な、その心の在り方を。

「わたくし、は……！」

だから、自らを責める。

普段の強気な態度は、それの裏返しで。

周囲を遠ざけ、拒絶されることを拒絶して、泥沼になっていく。

「マリン――」

でも、ボクは知っていた。

だから、こう声をかけるのだ。


「大丈夫だよ」――と。


それは、無条件の肯定だった。

「え……？」

それにようやく、反応を示した彼女の目を見る。

ボクは、静かに微笑みかけた。

「安心して。ボクは、マリンが頑張っていたのを知っているから」

「クレオ……？」

小さな細い手を取って伝える。

「みんな、知っているんだ。マリンは――」

それは、当たり前のこと。

だけども、今まできっと誰も、彼女に伝えなかったこと。

「マリンは、一人じゃないから」


己を孤独と勘違いしている少女。

己を孤独と思い込まされている彼女に、それを解く一言を。

「クレ、オ……？」

「さぁ、終わりにしよう？　マキのことは、任せたよ」

口を開けたままのマリンの肩に触れ、ボクは立ち上がった。

そして、カオンに向き直る。

「カオン・シンデリウス、ボクはお前を許さない。許せるはずがない」

そのままに、真っすぐ感情をぶつけた。

すると奴は可笑しそうに笑って、こう言うのだ。

「マリンは用済みだ。三文芝居にしては、面白かったぞ？」

「…………」

ボクは短剣を手にして、言葉なくカオンを睨《にら》みつける。

静かな時間が、そこには漂っていた。

◆

「わたくしは、一人じゃない……？」

クレオの背中を見ながら、マリンは小さくそう呟いた。

それは、思いもよらない言葉。自分は誰にも認められていないと、そう思い込んでいた彼女には、まるで信じられないものだった。

それでも、他でもない彼――クレオの言葉だ。

マリンの中で、彼への信用は一線を画している。

「みんなを、信じて……」

次いで浮かんできたのは、親友である少女の言葉だった。

マキはどんな思いでこう言ったのだろう。いまも生死の境を彷徨《さまよ》っている彼女は、自分のことを親友だと言ってくれた彼女は、どんな思いで……。

「わたくし、は……！」

強く歯を食いしばった。

胸の奥底にある呪縛から解き放たれようと、マリンは必死になる。

「一人じゃ、ない……！」

そしてもう一度、そう口にした時だった。

なにかが、聖女の皮を被せられた普通の少女の中で、弾《はじ》け飛んだ。

「ゴウンさん、少しどいて下さいまし！」

「お、おう……！」

——迷うのは、後でも良い。

ただ、いまは動かなければ絶対に後悔する。

「謝罪は後で致します。ただ、少しだけ猶予を下さい……！」

マリンはそう言って、マキへと治癒魔法を施した。

淡い光が幼い少女を包み込む。自分は決して、本当の聖女ではない。それでも治癒魔法に関しては、人一倍の努力を積み重ねてきた。

その理由は何だったたか。

たしか幼い日に、クレオから治癒魔法を施されたから、だったたか。

「マリン、さん……」

「マキ……？」

そう考えていた時だった。

マキが、薄《うっす》らと目を開けてこう口にしたのは。

「マリンさんは、僕のお姉ちゃん、だったですね……」

「マキ、喋《しゃべ》らないで……！」

「すごく、嬉《うれ》しいです。僕ずっと、お姉ちゃん欲しかったですから」

「お願い、お願いだからもう何も……！」

マリンはマキの手を取る。


「えへへ……。でも今はちょっと、眠たいですね……」

「え……？」


その次の瞬間だった。

「マキ……？」


幼い少女。

彼女の可愛らしい義妹であり、親友の手が。

「うそ、ですわよね。マキ…………？」

——スルリと。

まるで、細かい砂のようにこぼれ落ちた……。

「嘘ですわ……！　こんな、こんなことって——」

「おい、マキ！　起きろ‼　目を覚ましてくれ‼」

マリンとゴウンは取り乱す。

最愛の少女は全身からその力を失って、だんだんと冷たくなっていくのだから。

何度揺すっても、マキが目を覚ますことはなかった。事実が事実として突き付けられ、二人の心の中に大きな動揺を生んでいく。

「マキ、マキ…………！」

ようやくできた親友だった。

ようやくできた家族だった。

一人の少年しか見ることが出来なかった彼女にとって、かけがえのない存在。そんな少女の命がいま、失われつつある。

焦りを隠せないのは父であるゴウンも同じだった。

彼にとっても、一度失ってしまった、大切な人との宝物。

「ナキ、マキを助けてくれ……！」

だから、願うのだ。

亡き妻に向けて、頼むから助けてくれ、と。

だが、その祈りも儚《はかな》く。刻一刻と時間だけが過ぎていく。そう、思われた――。

「お待たせ致しました。お嬢様……」

その時だった。

一人の少年の声が聞こえたのは。

「貴方は……？」

「私の名前など良いのです。いまは、その少女に治癒魔法を……」

その少年は、ふらつく足で近寄ってくる。

虚ろな目をしながら、それでも確かな目的を持って。

「で、でも……。マキはもう……！」

「諦めるなんて、お嬢様らしくありません。人一倍努力をしてきた貴女が、ここで諦めてしまっては、いけませんよ……」

ふっと綺麗《きれい》な顔に微笑みをたたえて、少年はこう続けた。

「それに、ほら――その少女の命は、まだ消えていません」

傍らに膝をついて、マリンの手をマキの胸に当てながら。

すると彼女の手に伝わってきたのは、本当に微かな鼓動だった。それはすなわち、マキの心臓がまだ、動きを止めていないという証拠。

ハッとした表情になり、マリンは少年を見た。

「これ、は……」

「いまこの少女は、呪術による仮死状態にあります。私が貴方のナイフに施したそれによって、治癒では届かない場所に命を置いている」

「な、なぜそのようなこと……⁉」

語る少年に、思わず声を荒らげる。

すると彼は本当に柔らかく微笑んでから、こう言った。

「私は、貴女に誰かを殺してほしくはなかった。その手を汚してほしくなどなかったのです。だからせめて、反抗にならない範囲で力になりたかった」

――この呪術は、私ができる唯一の手助けです。

マリンはそれを聞いて、息を呑んだ。

この少年は、自身の過ちを未然に防いでくれていたのだと、理解して。

「この少女の傷は深い。呪術で仮死状態を保っているうちに、治癒魔法で傷をふさぐのです。その後に呪術を解けば、きっと大丈夫……」

「わ、分かりましたわ……！」

マリンは少年から説明を受け、魔法を使おうとして。

しかし、その前にふと、手を止めた。

「あの、貴方のお名前は……？」

それに対して、少年はまた優しい笑みを浮かべてこう答えるのだ。

「名乗るほどの者ではありませんよ、お嬢様……」――と。

◆

ボクは周囲に注意を払った。

カオンは目の前にいる。それでも、もっと警戒しなければならないのは、そんな彼を守るように存在している暗殺部隊だ。

直感が告げている。

この暗殺部隊は、外に構えていたような奴らより、何倍も強いということを。

「…………いや、違う」

この感覚は、違った。

決して彼らの身体能力が優れているわけではない。

しかし、暗殺部隊から感じられる力は、一回り上だった。少し考えてからボクは、その正体に気付く。

「呪術、か……」

それは、カオンの呪術によるものだと。

対象者の意識を完全に奪い、身体の限界を超えた動きを可能とする。当然ながら、そんな動きをさせられた人間は壊れてしまうだろう。壊れたら、捨てられる。ボクも多少は呪術に覚えはあったが、これほどまでのことはできなかった。

いいや、もっと正確に言えば、してはいけないことだ。

この男――カオンの倫理観は、壊れている。

「さぁて、まずは踊ってもらおうか！」

そんな外道は、そう声を上げた。

すると暗殺部隊が信じられない速さで、こちらを取り囲む。

「――ショーの始まりだ!!」

そして高らかな宣言が、響き渡った。

◆

「この少年――たしか、ファーシードの子供だったか」

カオンは眉をひそめながら、そう確かめるように漏らした。

目の前ではクレオが暗殺部隊に対して、圧倒的な戦闘力を見せつけている。おそらくは身体強化の魔法の類いだろう。速度や力、その他の能力の高まりが感じられた。元より高い身体能力を誇っていたのだろうが、そこに魔法の才も加われば、鬼に金棒だ。

だが、カオンにとってはそれ以外に思うところがあった。

それは彼のいた家のこと。

「ファーシード……！　私を見下した、ダンの息子……!!」

そして何よりも、宴の席で彼の父親に言われたことであった。

カオンにとっては忘れもしない、シンデリウスの当主に上り詰めた際の出来事。ついに憎きゴウンを追放した次の日の夜、彼は他の貴族に会いに行った。

その時だった。

唯一、ダンのみが彼を見てこう言ったのは。

『ふん……。穢《けが》れた一族の末裔《まつえい》が、ついに途絶えるか』――と。

頭《こうべ》を垂れて挨拶したカオンにかけられた、侮蔑の一言。

それは、著しく彼の自尊心を傷つけた。

「忘れない。忘れないぞ……！」

クレオの廃嫡が決まり、その判断で王家に見放されているダンを見て、多少ながらも溜飲《りゅういん》は下がった。だが、それでも傷は消えない。

その子である少年を見ると、嫌でもあの日のことがちらつくのだ。

自分を嘲笑ったあの無能な公爵の、間抜けな顔が……！

「さぁ……。野心の欠片もない、あの愚かな公爵の息子よ！　ここまで来い、今こそ私が真なる強者であることを、王都に知らしめてみせよう‼」

間もなく、暗殺部隊は片付く。

それを楽しげに待ちながら、カオンはそう言った。

私怨に満ちたその歪んだ表情。

それは、もしかしたら誰でも至る可能性のあるそれだったのかもしれない。

第６章　カオン——呪いの血族、その終わり。

——その青年は『背徳の子』と呼ばれていた。

本来の流れからは外れた妾《めかけ》の子。しかも暗殺者と貴族の間に生まれた子として、素性こそ一部の者たちしか知らなかったが、蔑まれて生きてきた。

そんな彼の中に湧き上がった感情は恨み、憎しみ、あるいは羨望か。

相反するような心は禍根という鍋によって煮詰められ、ついには一人の化け物——悪鬼と言えば良いか——を生み出した。

「お母様。私は、必ずや……」

そんな青年を唯一、可愛がったのは母親だった。

シンデリウスの前当主であった父にも見て見ぬふりをされ、絶望の中でも自我を保ったのは、おそらく彼女の存在があったから。

だが、その母親も早くに命を落としてしまった。

墓前にて青年は誓う。

必ずや、母が喜ぶような人物になってみせる、と。

「……私は、そのためならば外道にもなろう」

青年――カオンは、花束を供えてそう呟《つぶや》いた。

それは、誰の耳にも届かない決意。


きっとその瞬間に、彼の命運は決したのだろう……。

◆

カオンには一人の兄がいた。

正室である女の子供――すなわち、ゴウン・シンデリウス。彼は一族の中でも荒くれ者だと呼ばれ、しかしながら跡を継ぐための素質には恵まれていると、そう考えられていた。

暴君のように振舞いながらも、一線を弁《わきま》えている。

本人はまったくの無自覚であろうが、彼のことを評価するものは一定数いた。

「まずは、あの者を失墜させねばならない……」

青年であったカオンは、自らに宛てがわれた一室でそう呟く。

自身の母親の無念を晴らすには、いったいどのような人間になれば良いのだろうか。その思考の果てにたどり着いたのは、貴族として成り上がり、周囲に母親の存在を認めさせることだった。

だからこそ、ゴウンの存在は邪魔で仕方ない。

自分がシンデリウス家の当主となるには、あの男が消える必要があった。

「足りない。それだけでは……」

だが、カオンの気持ちはそれだけでは収まらない。

言ってしまえば、カオンはゴウンという恵まれた人間がとかく気に入らなかった。自分よりも明らかに認められ、優遇された地位にいるというのに、そのことを面倒だと一蹴する態度が。

欲している者であるカオンにないものを、あの者はすべて持っているのだ。

そのことが、青年は気に食わなくて仕方がなかった。

「ならばいっそ、殺してしまうか」

不幸中の幸いとでもいえば良いのだろうか。

カオンには、暗殺者たちとの強い繋《つな》がりがあった。シンデリウス家が生業としてきた暗殺稼業の中に身を置いていた母、そしてその仲間たち。彼らの中には一定数、現在の待遇に不満を持つ者がいた。手引きをすれば、ゴウンに刺客を送るのは簡単だろう。

「いや、それではいずれ足がつく。もっと間接的に、あの男を破滅させなければ……」

そこまで考えて、カオンは首を左右に振った。

組織というものは、大きくなればなるほど情報の漏洩《ろうえい》阻止が難しくなる。一人より二人、二人より三人と、秘密を共有する者が多くなるほどにバレる危険度が増すのだ。

だとすれば、いかにしてゴウンを追い落とすか。

「……………誰だ、入れ」

その時だった。

誰かがカオンの部屋のドアをノックしたのは。

「し、失礼いたします！」

彼の言葉に、その人物は緊張した面持ちで入室する。

そして、こう名乗るのだった。

「今日から給仕として働かせていただきます！　ナキ・オルザールです！」

みすぼらしい見た目の、小柄な女性。

カオンにとってナキ・オルザールの第一印象は、とかく薄汚い女というものだった。

◆

だが興味を持ったカオンは、すぐにナキという女性の素性を調べた。

分かったのは彼女が孤児院出身であり、シンデリウス家の給仕としては珍しく暗殺稼業についてまったく、何も知らないということ。無知であることを除けば、境遇としては孤独な自分と重なる部分があった。しかしながら、カオンはどうにもこの女性を好くことができない。

「カオン様、次はなにを致しましょうか！」

「……うるさい。いちいち私に訊《たず》ねるな」

「むぅ……！」

一人でいることが多いカオン。

そんな彼を見下し憐《あわ》れんでいるのか、ナキは頻繁に声をかけてきた。そうとしか思えなかったカオンは、あえて素っ気ない態度を取る。だが彼女は気にもしない様子で構ってくるのだ。

「カオン様って、本当に一人ぼっちなんですねぇ」

図星であるが、わざわざ口にしたことに苛立ちが込み上げる。

しかし、ここで下手に反応しては相手の思う壺《つぼ》。そう考えてカオンは、一つ大きな咳払《せきばら》いをしてから、ナキに対してこう言った。

「私にあまり、不必要に構うな。痛い目を見たくなければ、な」

念押しだ。

こう言っておけば、さすがのナキも大人しくなるだろう。

そう思っていた。しかし――。

「……無理しちゃ、駄目ですよ」

「な、に……？」

ナキが取った行動は、カオンの想定を外れるものだった。

「カオン様は、わたしと同じです。一人ぼっちで今にも泣きだしそうな、そんな子供みたい」

そう口にした彼女は、椅子に腰かけていたカオンを後ろから抱きしめる。それだけでも十二分に不敬な行動であるが、青年にとっての問題はナキの言葉にあった。

曰《いわ》く、自分と同じだ、と。

そして泣き出しそうな、惨めな子供であるようだ、と。

ナキの口にした言葉は間違いなく、感情の共有を求めてのものだった。孤独であるカオンの心を感じ取り、心を寄せ、一人で抱え込まないようにという気遣い。

優しさだった。

カオンにとっては、母から受けたもの以来の優しさだった。だから――。

「きゃっ……!?」

気付けば、カオンはナキをベッドに押し倒していた。

両腕を力強く拘束し、彼女のあどけない顔を睨《にら》みつける。この時の彼に湧き上がっていた感情は信じられないことに、劣等感に他ならなかった。

どうして、お前から優しさを向けられねばならないのか。

どうして、貧困層の生まれに過ぎない格下から、施しのような真似をされねばならないのか。

「カオン、様……？」

「黙れ……」

怯《おび》えたようなナキの声に、青年は低い声でそう告げた。

黒い感情が湧き上がっていく。

「……あぁ、そうだ」

そして、この時だった。

カオンがナキのことを利用しようと、考えたのは。

「光栄に思うがいい、ナキ・オルザール」

ゴウンを地獄の底へと、陥れるために。

だが、その前に――。

「お前は今日この一時だけ、貴族の寵愛《ちょうあい》を受けるのだ」

今はとにかく、この無様な女への劣情を吐き出すことにしよう。

カオンは、この瞬間に外道へ踏み出すのだった。

◆

ナキが身籠ったと判明したのは、数ヵ月後のこと。

これは少しばかり予定外であった。しかし、計画に支障はない。ほどなくしてナキは一人の女児を出産したが、そのことが表立つことはなかった。

現当主である父親にも、生まれた子供のことは知らせていない。

「カオン様、見てください！　マリン、笑いましたよ！」

無邪気に娘を見せ、笑うナキ。

その横顔は、母親のそれに違いなかった。ここから幸せに向かって歩んでいくと信じて疑わないという、そんな表情。だが当然、カオンにはそのようなつもりは毛頭なかった。

だから、彼はナキに対してこう言い放つ。

「調子に乗るなよ？」

「え……？」

心の底から、馬鹿にしたような声色で。

あまりの態度にナキは驚き、彼の方をまじまじと見つめた。瞳を潤ませ、怯えるそんな彼女にカオンは続けてこう告げる。

「気付いているだろう？　私は貴様との子供を、認知するつもりはない」

なんとも、感情のない声だった。

「それって、どういう……」

「育てたいのなら、勝手に育てると良い。だが代わりに、私にはかかわるな」

「カオン様⁉　待って——」

そこまで話して、青年は二人だけの部屋を出る。

そして、思わずこぼれる邪悪な笑みを手で覆い隠しながら呟くのだった。

「もう少し。あと少しで、ゴウンを追い落とすための舞台が整う……！」

ナキがカオンのもとを去り、ゴウンの給仕となったのは翌日のこと。

そこまでは、非常に順調だった。


しかし、カオンの想定通りにすべてが進むわけではない。

周囲が思うよりも初心《うぶ》なゴウンと、孤独を抱えたナキが心を近くするのは早かった。だが、決定打がない。あの愚兄は、既《すんで》のところで怖気《おじけ》づくのだ。

結果として、二人の関係が決定的なものになることはない。

そのもどかしさに、カオンは唇を噛《か》んだ。そして、

「ならば、こちらから決定打を与えようじゃないか」

そう、考えるのだった。


「今さら、わたしに何の用ですか……？」

ある雨の日のこと。

カオンは、人気《ひとけ》の少ない場所にナキを呼び出した。そして、こう切り出すのだ。

「マリンを渡してもらおうか」――と。


相手が息を呑《の》むのが分かった。

それも当然の話だろう。

自分にとって、唯一といって言っていい宝物を奪うと宣言されたのだ。そこには立場など関係なく、ただただ攻撃的な母親としての顔があった。

マリンは感情の整理が上手くできないのか、途切れ途切れにこう叫ぶ。

「そんな……、今さらマリンを……！　どうして⁉」

「シンデリウス家にも、跡取りが必要なのでね。あの愚兄はちっとも兆しを見せない。それでは、この家が後々に困り果てることとなるだろう？」

そんな彼女に、カオンはもっともらしい言葉を並べた。

しかしその瞬間に、思わぬ反応を示したのはナキ。

「ゴウン様のことを悪く言わないで!!」

彼女は青年に詰め寄ると、力いっぱいにその頬を叩《たた》いた。

予想外の行動に、瞬間だけカオンは呆《ほう》ける。

しかし、すぐに――。

「く、くっく、くくくくくく！」

笑いがこぼれた。

邪悪なそれを隠しきれない。

何故なら彼から見て、ナキの反応はあまりに滑稽だったから。あの脳筋で、自身が恵まれていると自覚しない唐変木に対する好意は、カオンにとっては馬鹿らしくて仕方がなかった。

あまりの豹変《ひょうへん》に驚いた顔をしたのはナキ。

「なにを、笑っているの……!?」

「……いやいや。素晴らしい恋心だと、感心したまでさ」

そんな相手の反応に、カオンは一度言葉を切り、こう告げた。

「それなら――」

侮蔑と愉悦を湛《たた》えた笑みを浮かべて。

「お前にマリンは必要ないな。あの男と一緒に、どこかへ消えると良い」――と。

◆

「さて、邪魔者はいなくなった。あとは――」

マリンを奪い、一年と少しが経過した頃合い。

シンデリウス家の家督はカオンの手にあった。ゴウンが廃嫡となったと同時期、父である先代を毒殺したのだ。長年憎んできた相手であったが、最後はなんとも呆気《あっけ》のない終わりだった。

もしかしたら、この家の歴史の中でも最も愚かなのは父だったのではないか。

そんなことを考えつつ、カオンは最後の仕上げに移ることにした。

「これで、私の敵はいなくなる……！」

ゴウンを生きた屍《しかばね》とする。

そのために、青年当主は貧困層の住む場所へと足を運ぶのだった。

ドブの腐った臭いがたちこめる環境。

カオンはそんな場所で必死に生きているのであろう兄を思い、笑みを浮かべていた。しかし、その後すぐのことだ。彼の微笑みは凍り付くことになる。

なにやら、軽快な笑い声が聞こえた。

明かりも少なく、人気もなく、地獄のようなこの場所に似つかわしくない笑い声が。

「…………」

暗殺部隊の案内に従うと、それは次第に大きくなる。

そして、声の出所を確信した時。

「…………ちく、しょう……！」

カオンは喉を震わせつつ、そう吐き捨てた。

なにが地獄に兄を追い落とした、か。

全然、足りていなかった。

「カオン様、いかがなさいますか？」

「…………」

部隊の一人に声をかけられても、即座に反応できない。

カオンは拳を握りしめた。爪が皮膚を抉《えぐ》り、血が流れ落ちていく。

「…………あぁ、そうだな」

そんな状態で、ようやく言葉を絞り出したカオン。

面を上げた彼の双眸《そうぼう》には、深い闇が宿っていた。

「計画を少しばかり、変更しよう」


「誰だ……？　こんな時間に――」

暗殺部隊の人間がドアをノックすると、無警戒にゴウンが顔を出した。

だが、その瞬間に彼は顔面を斬りつけられ昏倒《こんとう》させられる。

そのことに気付いたらしい、ナキの悲鳴が響き渡った。

「……あぁ、うるさいな」

カオンはそれを確認し、歩みを進める。

ボロの家に足を踏み入れる瞬間に、ほんの少しだけゴウンを見下ろした。

「…………」

――言葉はない。

ただただ、その瞳には侮蔑と軽蔑の色が浮かんでいた。

そして、そんな彼を認めて声を荒らげる人物がいる。――ナキだ。

「カオン……!?」

「やあ、久しぶりだね」

あえて、友好的な笑みを浮かべてみせるカオン。

しかし敵対心をむき出しにしたナキは、台所にあったナイフを手に赤子を守った。どうやら、この子が二人の間にできた忌み子らしい。

カオンはそれに、瞬間だけ視線を投げた。だが――。

「今日は大切な話があってきたのだよ」

すぐに興味を失い、ナキに向き直る。

「話……？」

「あぁ、そうさ」

そして、ニヤリとした笑みを浮かべてこう告げるのだった。

「この男を地獄に落とし、お前を――殺すために、な」

——物語の終わりを。

これにて、すべての復讐《ふくしゅう》が完結する。

カオンにとって憎かった者たちはみな、命か希望を失うこととなる。すべてがカオンの思い通りになった。そして、その終焉《しゅうえん》を告げるのは他でもない——。

「私は、この時を楽しみにしていた。——すべては、この時のためだった！」

——カオン自身、だ。

だんだんと興奮してきた彼は、鼻息荒くそう宣言する。

ナキはナイフを手にして、ただ唖然《あぜん》と彼のことを見つめていた。

「私は、私はついに成し遂げる！　すべて、すべての憎き者たちに復讐を！」

笑い声が響く。

この時のカオンは、完全に自身に酔っていた。

あたかも自分が全知全能の存在であるかのように、錯覚していたのである。

「あぁ……」

それを見て、不意に。

カオンではなく、ナキがこう口を開いた。

「なんて、可哀想な人……」——と。


ピタリと、時間が止まった。

カオンの表情が凍り付く。視線をナキに向け、その顔を見た。そして、

「なんだ、その……」

急速に感情が溢《あふ》れ出す。

「なんだ、その憐れんだ顔は!!」

怒りという、攻撃的な感情が。

何故なら自分の前に立つ女性が浮かべているのは、とても悲しそうな表情だったから。今から殺されるというのに、どうしてそのような顔ができるのか。

カオンにとっては、そのことが腹立たしくて仕方がなかった。

だがナキは、そんな彼に対してこう言う。


「可哀想な人。他人の愛情を知らず、誰も信じられなかった悲しい人」——と。


瞬間、鈍器で殴られたような感覚があった。

「なん、だと……？」

「貴方は出会った時から、なにを求めていたのですか？　きっと今も、同じものを求めている」

「やめ、ろ……」

「たくさんの人を不幸にして、それは手に入ったのですか？」

「やめろと言っているッ⁉」

その後も続くナキの言葉に、カオンは激昂《げきこう》する。

そして力の限りに彼女を殴りつけて、ナイフを奪い取った。

「貴様たちは今から、地獄に落ちるのだ！　それを恐れ、震えて――」

――命乞いをしろ、と。

カオンが、そう口にしようとした瞬間だった。

「必要ないですよ。わたしは、知っていますから」

ナキが柔らかな笑みを浮かべて、そう言ったのは。

壁を背に、彼女はカオンを見上げて笑った。

「わたしも、ゴウンさんも、それにマキも。みんな、分かっているのです」

確信に近い、予感を抱きながら。

「人は何度でも、這《は》い上がれる。どんな孤独に落ちても……って」

――貴方とは、決定的に違うのです。

そんな意味が込められていると、カオンは察知した。だから、

「うああ、うあああああああああああああああああああああああ!!」

とっさに、ナイフを振り下ろした。

耳にナキの声が届かないように、止まるように、と。しかし――。

「……あぁ。ごめんなさい、ゴウンさん。マキを任せます」

止まらない。

「わたし、信じています。きっとどんな闇に落ちても、貴方は大丈夫」

いくら刺しても、止まらない。

「だか、ら……えへへ、先に……眠ります、ね……」

そんな時間が、永遠に続くように思われた。

「おやす、み。マキ……ばいばい……」

だが、最後は呆気なく。


「はぁっ、はぁっ……!?」

カオンが手を止めると、そこには亡骸が転がっていた。

目を開いたまま、見ようによっては驚いているような表情で。だが彼にとってそれは、まったく違うのだ。瞳を閉じないのは、明日という希望を失わなかった証明だから。

血の海が広がっていた。

赤子の泣きじゃくる声が響いていた。

しかし、カオンの記憶はそこで途切れてしまっている。

すべてが終わった。そのはずなのに――。

「なぜ、だ……」

その後、いくら時を経てもカオンの中の闇が晴れることはなかった。

◆

少年から見て、カオン・シンデリウスは、鏡を見ているようだった。

自らが仕えている相手を鏡というのは、多少なりともおこがましいとは思うが、そう感じざるを得なかったのだ。だから、心の底から彼を憎めないのも頷《うなず》ける。

カオンは、道を示してもらえなかった少年なのだ。

そのような人と出会うことができなかった、悲しい末路の一つだと。

「……………」

遠く離れた場所にて、椅子に腰かけるカオンを眺めて。

クリスは、そう思った。

自分には目標となる人がいた。

マリン・シンデリウスという誰よりも努力し、目標に向かって邁進《まいしん》する、その道を示してくれた少女がいた。だからこそ、いまクリスはこちら側にいる。

そのことは他でもない、彼が一番痛感していただろう。

自分はとても恵まれていた、と。

「お嬢様――準備はよろしいですか？」

「え、えぇ……！」

魔力の高まりを感じ、クリスは恩人たる大切な少女に声をかける。

いまならきっと、倒れた少女の命を救うことができるだろう。傍らにいる少女――マリンは、確信させるほどに、研鑽《けんさん》を積んできた。

クリスはいつも、影として見守っていた。

だから、信じられる。

「では――」

そして、少年は解呪を行った。

瞬間に彼の心臓は、何者かに鷲掴《わしづか》みされているかのような痛みに襲われる。

これはカオンによる『死の呪い』だった。なにかしら、どんな小さなことでも、カオンの思惑に反した場合に発動して命を削るもの。

クリスの口の端からは、隠しきれない血が流れ落ちた。

「…………!?　貴方、その血は!?」

「気にしないでください、お嬢様。どういうことは、ありませんから……！」

マリンはそんな少年の姿に、大きく目を見開いた。

しかし、それを手で制して治癒に専念するよう、指示を出すクリス。ここでミスをすれば、きっと彼女の心に大きなトラウマを残しかねないから。

だから少年は命を削ってでも、己を犠牲にしてでも、意志を押し通した。

優先順位を付けた。

彼にとって一番はマリンであり、二番は――。

「けほっ……！　けほ！」

「マキ……！」

そう、マリンの愛する者たち。

そこにクリスの入り込む隙間は、存在しないのだ。

息を吹き返したマキを見て、少年は小さく微笑んで思う。


——これで良い、と。


「さぁ、それでは……。私の最期の役目を、果たしましょう」

歓喜に沸くマリンとゴウンを見て、立ち上がるクリス。

ナイフを手に持って、ゆっくりと主であった彼の方へと視線を投げた。

まるで、鏡合わせだったカオンとクリス。愛するものを持ったか、どうか。それを喪ったか、どうか。一歩間違えれば、同じ道をたどったであろう二人。

「…………!」

足を引きずるようにしながら。

クリスは、その結末へと向かって歩き出した。

◆

立ち上がったカオンと向かい合って、ボクは呼吸を整えた。

周囲に倒れる暗殺部隊の人々を見回して、彼はどこか感心したように言う。

「ほう……？　私の暗殺部隊相手に、手心を加える余裕があるようですね。どの者も、傷は負っているものの致命的なものではない」

「この人たちに罪はありません。裁かれるべきなのはカオン、貴方だけだ」

「ふふふ、たしかにそうでしょう。しかし――」

堪《こら》え切れない怒りを見せるこちらに歩み寄りながら、腰元に携えたレイピアを抜き放つカオン。

怪しい笑みを浮かべたままに、彼はこう続けた。

手に持った細い剣に指を当てて、魔力を流し込みながら。

「果たして落ちこぼれ程度に、私を殺せるでしょうか？」

口にしたカオンは剣を払った。

直後に感じたのは、あまりに禍々《まがまが》しい気配。呪術特有の魔力が、ボクの方にまで漂ってくる。這うようにして流れるそれは、まるで足を毟《むし》り取ろうとしているように感じられた。そこに至って確信したのは、このカオンの呪術が他に類を見ないほど、強力であるということ。

「一つ、教えて差し上げましょう。呪術の仕組みというものを……！」

「くっ……⁉」

ボクは即座に身体強化の魔法を使用する。

それとほぼ同時、カオンはレイピアを杖《つえ》のように振るった。するとまるで、空間を裂くような黒い波紋がもの凄い速度で迫ってくる。

横に跳んで回避。

標的を逸したその波紋は、霧の如く消え去った。そう思った。

「甘いですよ？　――すでに貴方は、私の術中にある」

だが、カオンがそう言った後。

ボクの背後に、先ほどの波紋が出現した。そして同じように、この身を切り裂かんとする。次は回避しようにも遅すぎた。

「ちっ……！」

少しだけ右腕を掠《かす》った波紋。

またも霧散したが、ボクは自分の身体の異変に気付いた。

「なんだ、これ……!?」

視界が歪《ゆが》む。

目をこすっても判然としなかった。

瞬時に毒かと思ったが、解毒の魔法は効かない。これはきっと、身体に害をもたらす類いのものではなかった。

だとしたら、人間のどこに影響をもたらすのか。

ボクは少し考え、やがて答えを導きだした。

「……これは、精神汚染？」

「くくく。その通り……」

身体的ではない怠《だる》さが、全身を覆い尽くす最中。

カオンはにたりと笑った。

「呪術とは精神を蝕《むしば》むもの。そして、その根源たるは——」

そして、こう言うのだ。

「憎しみや劣等感といった、負の感情なのですよ」

今までに出会ったことのないレベルの呪術の使い手。

そんな彼の瞳には、どこの誰よりも鈍い光が宿っていた。

「………」

呪術の力の根源が、憎しみや劣等感——いわゆる負の感情とされるのなら、カオン・シンデリウスの右に出る者はいないのかもしれない。

生まれからこれまでの人生において、彼という人物を構成する上で、負の感情というものはなければならない重要なピースだった。つまりは彼そのものであり、カオンは言うなれば呪術を扱うために生まれてきたと、そう言っても過言ではない。

「だけど、その負の感情を他者にぶつけるなんて、間違っている……！」

ボクはカオンの生涯の一端に触れて、それでも許すことは出来なかった。

人はそれぞれに願いを持って、自分の意思で生きている。それを捻じ曲げることも、自分の考えを押し付けることも許されないのだ。

しかし、それを彼は理解しているのか。

黒き波紋を回避しながら、霞《かす》む視界でボクはカオンを捉えた。

「あぁ、いや――」

そこでよぎった考えを、押し殺す。

もしかしたらカオンにも善意というものがあるのかもしれない。そんな考えは、ただの甘ったれに違いない。この男はきっと、純粋培養の呪いそのもの。

少しでも気を緩めれば、彼の呪いに一気に飲み込まれるだろう。

「でも、一つ訊《き》きたいことがある」

屈めていた身を起こしながら、ボクはそう口にした。

「ふむ。楽しいショーの最中に、なにを？」

「カオン・シンデリウス――」

するとカオンは、手を止めて目を細める。

そんな彼に、ボクは問いを投げた。

「お前は、そのやり方で後悔しないのか」――と。


彼が憎しみに駆られるには、なにか理由があったはずだ。

劣等感に駆られるのも、根本にはきっと挫折があるはずだった。それは、大きな挫折が。望んでも手に入れられなかった、大きな喪失感が。

そうでなければ、そもそも誰かと比べ、憎しみなんて――。

「……うるさい」

「カオン……？」

そう考えた時だ。

明らかに、カオンの表情が忌々《いまいま》しげに歪んだ。

「お前に、なにが分かるというのだ。私があの日に誓ったことなど、お前が知ったところでどうしようもない。なにが後悔だ、母のためなら私は――」

剣を構える。

「私は鬼にも悪魔にもなると、そう誓ったのだ……！」

そして、今までよりも強力な波紋を繰り出した。

「くっ……!?」

ボクはそれを回避しながら考える。

やはり、彼にもあったのだ。負の感情に駆られるだけの理由が。しかしそれは、月日を経て歪んで、カオンという人間を再構築していった。

許される行いではない。

それでも、ボクにはもう彼を憎むことは出来なかった。

「なんだ、その目は⁉」

そんなこちらを見て、

「貴様『も』か！」

「え……？」

カオンは叫んだ。

「貴様も、私を憐れむのか！　薄汚れ、惨めに死したに過ぎない『あの女』のように！　公爵家を廃嫡された出来損ないの、貴様ごときが⁉」

「…………」

——あぁ、そうだった。

あまりにも、このカオンという男は、憐れだった。

そもそも呪術の使い手は、心に傷を負った者が多い。カオンもその例に漏れず——いいや、きっと彼はその最たる例であって、誰よりも救いがない。

だとすれば、ボクに出来ることは――。

「カオン、終わりにしよう」

彼の悪夢を終わらせてあげること。

その命を絶って、この憎しみの坩堝《るつぼ》から救い出してあげることだった。

「な、に……？」

ボクは短剣を構えて、駆け出す。

一気に距離を詰めてから、カオンの腕を切り落とした。

「なにィ……⁉」

驚きに目を見開く彼を見た。

たしかに、彼の呪術は恐ろしい。

それでもボクには効かない。何故なら――。

「ごめんなさい、ボクは絶望なんてしないって決めたんだ」

そう、好き勝手に生きるのだと決めた時から。

ボクの人生は光に満ちた。それを、ボクは知っているから。

「ま、て……！」

「さようなら、カオン・シンデリウス」

尻餅をついた彼に、短剣を振りかざす。

そして、一息にそれを突き立てようとした、その時だった。


「待て、クレオ・ファーシード」

「クリス……？」


足を引きずりながら、美しい少年が姿を現したのは。

「すまないな、クレオ。しかし、ここから先は私が請け負わせてもらう。お嬢さまが大切にしている者を、私たち同様の外道に落とすわけにはいかない」

ボクがカオンにトドメを刺そうとした時。

それを止めたのは、クリスだった。彼は足を引きずり、瞳の力を失いながらも、ただ真っすぐにボクたちの方へとやってくる。

手には一本のナイフ。

ゆらりと、薄暗い空間でも煌《きら》めくのが分かる。

「………分かった」

彼の表情を、浮かぶ笑みを見て。

ボクは小さく頷いた。カオンが逃げないようにだけ気を遣い、少年に引き渡す。

カオンは目を見開いて歯を食いしばる。悔しげな顔をしながら口にしたのは、命乞いとは違う、命令とも取れる言葉だった。

「良いのか、クリス！　私が死ねば、貴様の心臓も動きを止める！　——呪術による契約を解除するつもりはないぞ！」

「…………」

さらに言えば、脅迫。

だがクリスは黙ったまま、動きを止めることなく得物を掲げた。

そして、静まり返った空間によく通る声で、主であった者に告げる。

「構わない。それこそが、私にできるせめてもの恩返し。そして——」

視線をひときわ、鋭くして。

「私という命、その意味だ」——と。

振り下ろす。

ナイフを、カオンの心臓目がけて突き立てる。

抉るようにして、その生命を絶つために、殺《あや》めるために。

「——————がっ⁉」

シンデリウス家当主は、血の塊を吐き出した。

そして逆らうようにクリスの腕に触れたところで……。

「終わった、のか……？」

力なく、それは垂れ落ちた。

クリスもゆっくりと、力を緩めて頷いた。

「あぁ、これで呪いの一族は──」


すべてが終わった、と。

クリスの宣言をもって、一つの歴史に幕が下ろされた。

エピローグ　旅立ち。

ある少年は、一人の女の子に恋をした。

しかし、その恋は決して叶《かな》うことのないものだった。

第一に彼女と少年の身分は、かけ離れている。そして次に、女の子の中にはもう、他の少年の姿があったから。だから少年――クリスは決めたのだ。

「私は私にできることを。未来への懸け橋となろう」

この命を賭しても。

彼女を呪われた世界から解放し、輝ける未来へ――と。

「頼むぞ、その担い手……」

思い浮かぶのは、彼女が思いを寄せる少年の背中。

彼ならばきっと大丈夫。今回のように、その真っすぐな心と眼差しをもって、必ずや愛しい彼女を導いてくれるだろう。クリスの中には、確信があった。

何故なら彼のことを話す彼女――マリンには、その輝きを感じたから。

与える者が自分ではないのは、少しだけ悔しい。

それでも、それ以上に、何よりもマリンの笑顔が嬉《うれ》しかった。彼女の笑顔を守る道を示せたのなら、少年にとっては、この上ない喜びだ。

「クリス！　いま、治癒魔法を——」

「くく。これからお嬢様を導くお前が、そんな顔をしてどうする」

「そんなこと言ったって、これじゃあ……！」

霞《かす》む視界。

クリスの身体を支えて、顔を覗《のぞ》き込んでいるのは未来の担い手。いまばかりは、その幼い顔を悲しみに歪《ゆが》めていた。こんなことがあっていいのか、と。

彼はきっと、最後の最後までクリスの命を救おうとするのだ。

そんな真っすぐな彼だから、クリスは信じられる。

お嬢様——マリンは、もう大丈夫だ、と。

「案ずるな。これで良い、誰も苦しまないで済むのだから……」

「苦しんでるじゃないか！　いま、クリスが!!」

「くくく。私が……？」

「あぁ、そうだよ――」

必死な少年――クレオは、こう言った。

それは、クリスにとって思わぬ言葉。

そう、その言葉とは――。


「だって、クリスは泣いているじゃないか！」


クリスはハッとした。

そして、それと同時に理解するのだ。

「は、ははは……なるほど、なるほど。どうりで、視界が……」

――あぁ、これが悲しみか、と。

命を失うその寸前になって、彼は初めてその気持ちを知った。

今までは、マリンを救う方法を模索することに費やした時間だった。それが終わりを迎えてついに、一人の人間クリスとしての時間が始まったのだ。

あまりに短い。

身体を蝕《むしば》む、不可逆な呪いによって死ぬまでの、短い人生。

「あぁ、あぁ……！」

理解した。知ってしまった。
彼は成し遂げた故に、空虚となった。
だからこそ悲しい。もう、自分の中には何もないから。
誰かにに肯定され、受け入れられるには、この人生はあまりに短すぎるから。
「私は、わたし、は……！」
鉛のように重い腕を持ち上げる。
なにかにすがるように、助けを求めるようにして。
でも、それはきっと誰にも届かない。
そう、思われた時だった。

「――クリス。ここに、いたのですわね？」

ああ、なんと心地好い。
そんな声が耳に届いたのは……。

◆

「──クリス。ここに、いたのですわね？」

何も出来ないでいるボクの隣に、マリンがやってきた。

そして、その命の灯火が消えようとしている少年の手を取って微笑むのだ。綺麗《きれい》な顔をくしゃくしゃにして泣き続けるクリスの、そのあまりに幼い手を。

ボクは二人の様子を見て、なにも言葉にすることができなかった。

いいや。なにか口にすることは、はばかられたのだ。

いまはもう、この二人だけ。

クリスの終わりに必要なのは、きっとマリンだけ。


「お嬢、様……？」

「貴方には、昔からお世話になりっぱなしですわね」

「私のこと、憶えて……いたの、ですか？」

「とうぜんですわ──クリス。わたくしが困っていたら、そっと手を貸してくれていた、不思議な人。いつも、半人前なわたくしを支えてくれていた人」

「そん、な……」

マリンの言葉を、否定しようとするクリス。

だが、彼女はそれを許さない。


「貴方は――わたくしにとって、とても大切な人」

「…………！」


優しく、あまりに優しく。

その手を握り締めながら、マリンはクリスという少年を認めた。

彼は言葉を失い、息を呑《の》み、喉を震わせ、唇を噛《か》んだ。そしておもむろに、先ほどまでの奥歯を噛みしめた表情から一変する。

クリスはその綺麗な、整った顔に柔らかな微笑みを浮かべた。

とても、満ち足りた表情。

彼が残したのは、マリンの未来だけではない。

「あぁ、ありがとうございました。お嬢様」

「いいえ。こちらこそ、ですわ」

間違いない。

人間、クリスとしての足跡だった。

いま、一人の少年が旅立った。

そうきっと、苦しみに見合うだけの幸福に包まれて――。

◆

――クリスの死から数週間が経過した。

世間で騒がれるのは、カオン・シンデリウスの死だけだった。その裏にあった一人の少年による恋物語など、知られるはずもない。

加えてマリンも、そのことを多く語ろうとしなかった。

それでも今日、ボクたちは一つの墓前に立つ。

「お別れは、済んだの？」

「ええ。わたくしもやっと、心の整理がつきました」

ボクの仲間全員とゴウンさん、そしてマリン。

目の前にあるのはクリスの眠る場所。シンデリウス家の裏庭に、ひっそりと作られた墓には綺麗な花が供えられていた。

順番に祈りを捧《ささ》げ終わった。

その最後を務めたマリンの目は、ほんの少しだけ潤んでいる。

「もう少し、ゆっくりしても良いのに。家のことも大変だったのに……」

そんな彼女を見て、ボクは思わず言った。

シンデリウス家の当主は死んだ。それはつまり、マリンが家督を継ぐということに他ならない。

様々な手続きや、国王陛下への謁見。

それらをこなすのに必死で、考える時間があったか分からない。

だけどマリンは、静かに首を左右に振った。

「いいえ。これで、いいのですわ」

そして、ボクの顔を見て笑みを浮かべる。

「きっとクリスも、わたくしが泣いているのを見たくはないと、そう思いますの。せっかく彼が未来を与えてくれたのですから」

「マリン……」

「それに、わたくしのガラじゃないですから！」

言って彼女は、大きく伸びをした。

これで一区切りだと、そう言うようにして。

「もちろん、クリスのことは生涯忘れることはありません。それでもわたくしは、だからこそ前を向かなければなりません！」

「……そっか！」

最後に、それを聞いてボクも安心した。

頷《うなず》き返してチラリと、傍らにいる一人の少女を見る。それはマリンの妹――。


「マリンさん、お疲れ様なのです！」


マキ、だった。

今まで我慢してきた言葉を、柔らかい笑みに乗せて告げる。

受け取ったマリンも、彼女の気持ちを理解している。微笑み返してその頭を撫《な》でた。今この時、二人は本当の姉妹になったのだろう。

ボクには、そう思えた。

「ねぇ、マキ？　それに、ゴウンさん――提案がありますの」

「提案なのです？」

「どうしたっていうんだ？」

次にマリンが、そう切り出す。

マキとゴウンさんは、不思議そうに首を傾げた。

そんな二人に向かって、シンデリウス家新当主はこう言う。

「わたくしと、この家で、共に暮らしませんか……？」

——家族になってほしい、と。

それは、今まで家族の温もりから遠かった、一人の少女の願いだった。

「マリンさん……！」

断る理由など、ない。

そう言わんばかり、マキはすぐにマリンへと抱き付いた。

ゴウンさんはそんな娘の様子を見て、ただ静かに、そして優しく微笑む。

「ありがとう、ございます……！」

木漏れ日の差す、シンデリウス家の裏庭で。

一つの家族が誕生し、一人の少女の顔に愛らしい笑みが生まれた。

◆

「それで？　相変わらず、クレオの親父は迷走中か」

「そうですね。時々に確認しに行っていますが、最近では灰のようになっています」

紅茶を飲みながら、アルナとリリアナはそんな会話をしていた。

クレオの父親――ダン・ファーシードは、クレオ捜索に多額の資金を投じたようで、家計が火の車になっているらしい。それでも見つけられないのは、やはり彼がボンクラ、という証明だった。

一つため息をつきながら、リリアナはアルナにこう訊《き》く。

「それで、その話は本当なのですね？」

「間違いない。マリンの親父が死んでから、少しばかり騎士団で調査をすることがあってな。そうしたら、クレオの関与が判明した」

「はぁ……。灯台下暗し、とはこのことですね」

「というか、クレオの親父もまずは王都を探せばいいのにな」

「本当、その通りです。彼に任せた私に責任がありますね」

そう言って、しかし反省の色を見せずに。

リリアナはもう一口、紅茶を口に含むのだった。

「お任せして、良いのですね？」

それが、気持ちを切り替える合図だったのだろうか。

リリアナは馴染《なじ》みの騎士に向かって、真剣な眼差しでそう訊いた。すると相手は、ニヤリと悪戯っぽい笑みを浮かべて答える。

そこにあったのは、何かを楽しみにする無邪気な子供の顔だ。

「あぁ、任せてくれ。どうやら、少しばかり懐かしい奴にも会えそうだからな」

「懐かしい、奴……？」

アルナの言葉に、王女はほんの少しだけ怪訝《けげん》な表情を浮かべる。

だがそれも気にせず、少年騎士は紅茶を一気に飲み干して立ち上がるのだった。

「あぁ、アレからずいぶん経った。そろそろ、再戦したいと思ってたんだよ」

傍らに置いてあった、鞘《さや》に入った剣を持ち。

アルナは、心底嬉しそうに笑った。

「なにかは聞きませんが、あまり遊ばないでくださいね？」

「分かってるさ。でも、悪いけど——」

そして、扉の前まで歩いてから。

リリアナの方へと振り返って、彼はこう言うのだった。

「もしかしたら、ちょっとだけ問題が起こるかもしれない」——と。


無邪気な表情で。

それを見たリリアナは、呆《あき》れたように肩をすくめる。

そして同時に、深いため息をつくのだった。

巻末書き下ろし1　歪《いびつ》で純粋な、とある少年の恋心。

クリスがマリンの専属となって、しばらくの時が流れた。

カオンの思惑は分からない。それでも少年にとって、マリンのことを陰ながら守れるのは僥倖《ぎょうこう》であったし、何よりも断る理由がなかった。

そのことは主人であるカオンも重々承知の上なのだろう。

だからこそ、彼はクリスに声をかけた。

「しかし、特に今までと変わりないからな。何が変わるというのか……」

考えても意味はない。

自分はあくまで、指示の通りに動く傀儡《かいらい》に過ぎないのだから。

「──あら？　そう考えるのは、少し物悲しくありませんか？」

「……………ん？」

だが、そう思った時だった。

明らかに自分の思考を読んだように、一人の女性が少年に声をかけてきたのは。

振り返るとそこにいたのは、妖艶な印象を受ける不思議な女性だった。成熟した肉体に、それを際立たせるような衣装。唇に塗られた紫色の紅が、妖《あや》しい光沢を放っていた。

そんな彼女はクリスを見ると、静かに微笑んでこう続ける。

「年齢に不相応な、歪で純粋な恋心。はしたないとは分かっていても、頬が緩みます」

「…………」

黙ったままのクリスに対して、女性は一方的に話しかけてきた。

この家には、常識的な人物の方が圧倒的に少ない。だからこの女もその類いだと、少年は早々に判断を下した。いつもなら、その手の輩《やから》に絡まれても無視をする。

だが、しかし――。

「何者だ……？」

この時のクリスは、そう訊《き》いてしまった。

お前はいったい誰なのだ、と。

「あらあら。自己紹介が遅れてしまいましたね……？」

視線を外すことのできない存在感。

圧倒的、かつ抗いようのない力の差を肌で感じるという異常事態。

目の前で笑う女性は至って平静に話しているが、クリスの膝は微かに震えていた。そして、そんな少年の様子に気付いているのだろう。彼女は、口角を歪《ゆが》めながら名乗るのだった。

「私の名前は、クリム・レキサディナ……」

右の手で一度、自身の両目を覆う。

すると――。


「縁あってカオン様に協力することになった――【魔族】です」


先ほどまで漆黒に揺れていた瞳は、鮮血のような赤となる。

クリムと名乗った彼女は、恭しく頭を下げるのだった。

かかわるべきではない相手。

クリスはそう直感し、しかし逃げる選択を取ることができなかった。逆らえば確実に殺されると分かる。溢《あふ》れ出す膨大な魔力量は、常人では到底敵わないと痛感させられた。

向かい合っているだけで【死】を想像させられる。

「あら？　ずいぶんと、息が荒いようですが……」

「…………!?」

その最中に、不敵に笑ったクリムは艶《なま》めかしく少年の頬を撫《な》でた。

呼気がかかるような距離。首筋をなぞられて、背筋が凍る。

気を抜けば意識を失いそうだった。だが――。

「ふふふ。そんなに怯《おび》えないでください。今日は貴方に、面白い話を持ってきたのです」

「な、に……？」

そんな彼にかけられた言葉は、予想外のもの。

魔力による威圧もなりを潜めており、目の前にいるクリムはすでに無害になっていた。魔力の制御も兼ねているのだろうか、瞳の色も黒に戻っている。

それでも、クリスは警戒を解かずに訊《たず》ねた。

「……話とは、なんだ？」

すると魔族の女は、静かな笑みを浮かべて答えるのだ。

「悪しき者から姫を救い出す勇者に、なってみたいとは思いませんか？」――と。

意味が分からない。

しかし、この時のクリスには断る勇気がなかったのだ。

◆

――また、月日が流れて。

クリスはマリンの身辺警護という、お目付け役の任を遂行していた。

これといって起伏のない日々に、思わず欠伸が出る。ただその中でも、喜ばしいことはいくつもあった。例えば、学園の試験でマリンが治癒魔法の1位を獲得したこと。

毎日、夜遅くまで苦労と努力を重ねている成果が表れていた。

「このまま、日々が過ぎればいい。それだけだ……」

きっと、お嬢様には明るい未来が待っている。

自分のような暗殺者とは違う。それこそ、誰にでも愛されるような。

そう信じて疑わなかった時間が奪われたのは、マリンが好成績を残した数日後のことだった。


「聖女に、祀《まつ》り上げる……？」

クリスのもとに、そんな話が舞い込んだのは雨の降る夕暮れ。

一日の仕事も落ち着いて、同僚の暗殺者たちと情報共有をしていた時のことだった。自分とほぼ同期の暗殺者の男は、これといって感情を表に出さずにこう続ける。

「いわゆる『権威付け』というやつだな。お嬢様には類《たぐ》い稀《まれ》な治癒術の才能があった。カオン様はおそらく、シンデリウス家の名を上げるためにそれを利用しようとしているのだろう」

「な……⁉」

少年は思わず、短い声を上げた。

そしてすぐに思う。それは決して、許されることではない、と。

「そんなこと、せずとも……！」

怒りに、拳が震えた。何故なら意図的に聖女に祀り上げるとは、すなわちマリンの努力を否定するに近かったからだ。クリスは知っている。彼女の治癒魔法の才は、たゆまない努力の結晶に他ならないことを。

ただ、クレオという少年の傍にいたいという想い。

相手に相応しい自分になりたい。そう願った純粋な心が結実したもの。それをマリンの思いとは関係なく、政略のために利用するなどということは、認めることができなかった。

だから、次の瞬間に少年は――。

「く……！」

同僚を半ば突き飛ばすようにして、使用人室を飛び出していた。

そして一直線に駆ける。マリンの部屋へと向かって。

だが、彼女の姿はなかった。

「お嬢様、どこに⁉」

マリンという少女が行きそうな場所を、必死に考える。

部屋にいないというのなら、いったいどこか。クリスにはマリンのお目付け役として、以前よりも多くの知識があった。だから選択肢は、だんだんと絞られていく。

少年は考えるよりも先に、自然と中庭へと向かっていた。

あの少女が何かしらの壁にぶつかった時は、決まってそこに行くのだ。泣き出しそうな時、諦めそうになった時、そして誰かに想いを踏みにじられた時は……。

「お嬢様……？」

果たして、マリンの姿は中庭にあった。

大粒の雨に身を晒《さら》しながら、彼女はどこか生気の抜けた顔で空を見上げている。

「お嬢様‼」

クリスはそんなマリンのもとへ、すぐさま駆け寄った。

そして、自身の上着を脱ぎマリンの冷え切った身体を包み込む。そこまでして、ようやく少女は彼の存在を認めたのだろう。瞬きを幾度かして、小さく首を傾げた。

「……あぁ、どうしたのですか？」

微かに漏れ出たのは、上の空な言葉。

クリスはそんなマリンに思わず、大きな声でこう言った。

「どうした、ではありません！」

叱責は、本意ではない。

だがクリスは、あまりにも力の抜けたマリンが心配で仕方なかった。感情が上手く言葉にできずに、ただただ必死に彼女の手を引く。

雨の当たらない場所までやってくると、少年は自分の呼吸がいつになく荒くなっていることに気付いた。しかし対照的に、ずぶ濡《ぬ》れの少女は息をしているかさえ怪しい様子。

普段の快活さは、欠片もなかった。

「…………」

クリスは彼女の姿に絶句する。

かける言葉も見つからず、ただ時間だけが無為に流れていく。

それでも、このままではマリンが風邪を引いてしまう。そう考えて、少年が身体を拭くものを取りに行こうとした時だった。

「……お嬢、様？」

マリンが、震える小さな手でクリスの服の袖を摑《つか》んだのは。

驚いて振り返ると、そこには今にも泣きだしそうな顔をした少女がいた。瞳に涙を湛《たた》えて、唇を噛《か》み、必死に感情を押し殺しているのが分かる。なにかの拍子に、一気に決壊しそうだ。

だが、マリンは堪《こら》えていた。ひたすらに、我慢していたのだ。

それでも、思わず少年の服を摑んだのだろう。

「…………」

そんなマリンの姿を見て、クリスは――。

「…………」

クリスは――。

「く……！」

なにも、できなかった。

本音を言えば、今すぐにでもマリンを抱きしめたい。気が済むまで泣いて良いのだと、自身の胸を貸したいと、そう思った。しかし、なにかが少年を押し留める。

身分差、あるいは後ろめたさ、だろうか。

自分には分不相応だと、クリスはそう思えて仕方がなかった。何故なら、自分は知っている。マリンの心の中にある一番の光は、間違いなくクレオという少年である、ということを。

きっと、彼女がいま声をかけてほしいのは自分ではない。

クリスはそう思ってしまった。

「…………」

だからなにも言わずにその場を後にする。

ひとまずは、彼女の濡れた身体を乾かすべきだろう。そんな常識的な考えだったが、もしかしたらこれは逃げだったのかもしれなかった。

◆

後日、クリスにはカオンに接見する機会があった。

いつもなら、マリンの近況を報告する場だ。だが今回に限っては、少年も主人に問いたいことがあった。それは言うまでもなく、彼の愛娘を聖女に祀り上げる、という計画について。

一介の使用人が口出しするべきではない。

どう考えても、越権行為だ。

「――カオン様、よろしいでしょうか」

緊張で唇が渇くのを感じながら、クリスは声を絞り出す。すると、カオンは少しだけ眉を上げながら小さく頷《うなず》いた。どうやら、発言が許可されたらしい。

少年は一つ息をついて、単刀直入に切り出した。

「どうして、マリンお嬢様を聖女に……？」

彼女の日々の努力は、クリスが常に報告するところ。

それなのに、どうして父は娘の思いを汲《く》み取ろうとしなかったのか。何かのすれ違いがあるのならば、正すのはお目付け役である自分の役割だ。

そう思っていると、カオンは極めて優しい微笑みを浮かべてこう言った。

「あぁ、それは――」

当たり前のことのように。


「マリンは所詮、駒に過ぎないからだよ」――と。


クリスの背筋が凍った。

何故なら、そこに悪意は欠片もなかったのだから。

「お前は、なにを……⁉」

立場も忘れて、少年はとっさにそう口にした。

カオンにとってのマリンは、唯一の肉親のはず。それだというのに、この男は言うに事欠いて彼女を『駒』だと、そう表現したのだった。

失望と絶望が混在する中、クリスが唖然《あぜん》としているとカオンは言う。

「なにを今さら、そのように当たり前のことを言っている？　まさか、シンデリウス家の暗殺者は情のような、下らないものに靡《なび》くというのか」

「それ、は……！」

主の言葉に、少年は自分の立場を思い出して返答に窮した。カオンの指摘は正しい部分もあり、それに照らし合わせれば自分に意見する権利はない。それはすぐに、理解できた。

だが、その理解に反して感情は前に進む。

「でも……！」

気付けばクリスは、まるでカオンに喰《く》ってかかるような口調で叫んでいた。

「マリンお嬢様にとって、お前――いや、貴方は唯一の家族だ！　彼女のことを優先して考えるべきなのは、貴方だ！　それなのに、どうしてそんな仕打ちができる⁉」

無垢《むく》な想いを踏みにじって。

どうしてこの男は、平然としていられるのだろうか。

「ほう……？　偉そうな口を叩《たた》くのだな、青二才」

対して、クリスの主張を聞いたカオンは薄ら笑いを浮かべた。そしてゆっくりと立ち上がり、少年のもとへと歩み寄ってくる。

「なるほど、やはり貴様は面白い。まさか暗殺者ごときに、情が芽生えるとは……」

目の前に立ち、値踏みするようにクリスの顔を見るカオン。

「あるいは、恋心というものか。馬鹿げた妄想に踊らされ、なんとも惨めなものだ」

「…………！」

主は少年の顎に指を這《は》わせながら、ニヤリと口角を歪めた。――その時だ。

「か、は……⁉」

突然にクリスが苦悶《くもん》し、その場にうずくまったのは。

激しい痛みに胸を押さえた少年は、呼吸さえもままならない。まるで心臓を握り潰されているような感覚。脚に力が入らず、無様に床を這った少年は主を睨《にら》み上げた。

すると、その視線の先には──。

「くくくくく！　あっはっはっはっはっは⁉」

腹を抱えて笑う男の姿があった。

カオンはさらにクリスを足蹴にしながら、こう告げる。

「貴様には、最上級の呪術を行使した。今後、私に逆らうことがあれば、いまのような痛みが際限なく襲う。そして同時に、私が死ねば貴様の命も潰える呪いだ」──と。

それは、呪術の中でも禁忌とされている死の呪い。

カオンはそれをもってして、クリスを完全に支配したのだった。

「……さぁ、どうだ？　最も嫌う相手に忠誠を誓わなければ、己の命が潰える事実は」

心の底からの愉悦に、彼は笑いを堪え切れない。

「あぁ、愉快だ！　蹂躙《じゅうりん》はこんなにも、心地好いい‼」

尊厳も何もかも、相手から奪い取る。

シンデリウス家の当主であるカオンの心は、完全に歪んでいた。そのことを知って、しかし何もできない自分に歯痒《はがゆ》さを覚えるクリス。

胸の痛み以上の心の痛みを抱きながら、この時の少年はただ耐えるしかなかった。

◆

果たして、クリスの訴えもむなしくマリンは聖女として扱われることとなった。

周囲から認められるのは、彼女の願いでもある。しかしこのような認められ方は、あまりに少女の心を蔑《ないがし》ろにしているだろう。

それでも、その後のマリンは努めて明るく振舞っていた。

自分の本心を奥底にしまい込んで、聖女だと期待してくれる人に応えるべく。それもそのはず、何も事情を知らない人々にとっては、マリン・シンデリウスこそが聖女なのだから。

その人々に、罪はない。

むしろ、その人々は騙《だま》されている被害者なのだ——と。

「私は、どうすれば……？」

そうやって間違いが広がっていく様を、クリスはただ指をくわえて見ているしかできなかった。

あの日、自身にかけられた呪いは生死にかかわる。少しでも怪しい動きをカオンに察知されてしまえば、いとも容易く殺されてしまうだろう。彼はきっとそうして、己の意思に反して行動し、苦しむ者の姿を見て愉しんでいた。

歪んでいる。

今さらになって、それに気付いても遅いのかもしれない。

「だけど、このような……！」

学園に潜入し、いつものようにマリンを見守りながら。

クリスは気丈に振舞う彼女の姿に、苛立ちを隠すことができなかった。自分にはなにもできないのだ、と。それこそもっと、光の中にいる存在でもない限り、マリンを救うことはできない。

陰に生きる自分には、不可能なこと。

そう、思った時だった。

「キミは、学園の生徒ではないよね……？」

「…………え？」

気配は完全に殺していたはず。

それなのに、なんてことない様子で声をかけてくる人物があったのは。

「お前、は……？」

「あぁ、ごめん。あまりに不躾《ぶしつけ》だったかな？　ボクは――」

声をかけてきた少年は、苦笑いしながらこう名乗った。

「ボクの名前は、クレオ。クレオ・ファーシードだよ」――と。


完全に想定外の出来事。

クリスは、交わることはあり得ないと思っていた光に相対していた。この少年こそが、マリンの心を照らし続ける存在。自分とは対極にある者。

陰に生きる少年は、ほんの微かな緊張を感じながらこう口にした。

「お前は――」

ほんの微かな希望を胸に。

「聖女マリン・シンデリウスのことを、どう思っている……？」

「マリンのことを……？」

クリスの問いかけに、クレオは少し意外そうな顔をした。しかしすぐに、何かを考え込むようにしてから、ゆっくりと語り始める。

「そうだなぁ……。まず、治癒魔法の実力については尊敬しているよ。あっという間に追い越されて、本音を言えば少しだけ悔しいかな？」

「………そうか」

相手の言葉に、クリスは小さく応えた。

表情を見れば分かる。やはり彼も、マリン・シンデリウスの努力を知らなかった。彼女がひた隠しにしているのは承知の上だが、陰の少年にとっては歯痒さがある。

結局は、このクレオも同じなのか。

「あぁ、でも最近は――」

「え……？」

そう、思った瞬間だった。

「いつもより、かなり無理をしているように思うかな。元々、すごく努力しているのに。理由は分からないし、訊いても答えてくれなかったけれど。ただ――」

クレオが少しだけ、悲しそうにこう口にしたのは。

「もしも悩んでいるなら、友達として相談に乗りたいんだけどな、って……」

クリスは、それを耳にした瞬間にクレオという少年の人柄を察した。

そして確信する。この少年は、どこまでも『光』なのだ、と。

「なるほど、な……」

そのことに納得し、クリスは小さく笑みを浮かべた。

「え、なにが？」

「いいや。なんでもない」

クレオが首を傾げると、クリスはそう誤魔化す。

首を左右に振って、しかしすぐに相手を見た『陰』の少年の顔には、どこか安堵《あんど》したような表情が浮かんでいた。まるで何かを悟ったかのようなそれに、クレオは思わず訊ねる。

「キミは、いったい……？」

だが、クリスはそれには答えず。

静かに彼へ背を向けると、一つ息をついた。そして、

「今はまだ、気にしなくていい。だが――」

ただ一言、心からの願いを口にしたのだった。

「お前に、マリン様を頼む」――と。

◆

学園を後にしたクリスは一人、人気《ひとけ》のない路地裏へとやってきていた。夕暮れ時にもなると、日差しも十分に入ってこない闇の空間だ。そんな場所を一直線に突き進んだ少年は、ある場所で立ち止まりこう言った。

「――クリム。いるのだろう？」

いつだったか、自分を勧誘してきた魔族の名を。

「あらあら。お久しぶり、ですね？」

すると間もなく、深い闇の中から彼女の声が聞こえた。

徐々に明らかになっていくクリムの姿。それを真っすぐに睨みながら、クリムは訊ねた。

「いつかの話は、まだ有効か？」

それは、あの日に魔族が起こした気まぐれのこと。

『悪しき者から姫を救い出す、勇者になりたくはないか』

まるでこうなることを見透かしていたように、クリムは少年にこう訊ねたのだった。いったいそこに、どのような意図があったのかは分からない。でも、このクリムという魔族には力がある。

おおよそ人間の常識、その範疇《はんちゅう》では考えられないほどの。

「――と、いうことは。私と契約を結んでくださるのですね？」

「なるほど、魔族との契約か。ただ、先に訊きたいことがある」

「えぇ、どうぞ。契約前に内容を確認するのは、とても大切なことですから」

真剣なクリスに対して、魔族は茶化すようにそう言った。

一つ息をついて。少年は静かに訊ねた。

「まず、お前はカオンの協力者だろう？　それだというのに、どうして私に協力しようとする」

「あら、そのことですか」

クリムは彼の問いかけに対して、少し考えたようにしてから返す。

「私とカオン様は、協力関係であって契約関係ではないのですよ。私は元々とある別の方に呼び出された存在。その方が興味を示しただけですので、義務はないのです」

「……………なるほど。つまり、いまのお前は――」

そこで、クリスがこう言った。

「とかく、退屈だ、ということか」

「ご名答です」

即答するクリム。

浮かべた表情は、まるで小悪魔のようで。

まるで少女のような無邪気な笑みに、少年は深くため息をついた。

「まったく、本当に……」

魔族という存在の考え方は、ちっとも読めない。

そう口にしようとしたが、しばしの思考の後にやめておくことにした。特に相手の気持ちを慮ったとか、自分の身の安全について考えたとか、そう言った理由ではない。

ただ、クリスは思ったのだ。

「だが、私も同じなのかもしれないな」

自分もまた、普通の人間とはかけ離れた場所に行こうとしているのだから。

誰かを助けるために魔族との契約を結ぼうとしている。それは、常人からすればあり得ない考えだとも思われた。

「ふふふ。自覚があるようですね？」

そんな考えを読んだらしい。

クリムは少年に、そう告げると口元を隠した。しかし、そこでクリスはゆっくりと首を左右に振る。そして落ち着いた口調で、静かにこう答えるのだ。

「そのようなこと、今はもう関係ない。私は、ただ――」

少年はほんの微かに、目を細めて。

「――いいや。それももう、私が気にすることではない、な」

覚悟を決めたような声で。

それを見て、若干だが意外そうな顔をしたのはクリムだった。彼女は顎に手を当てて、解せないといった様子で言う。

「……ふむ。では貴方は、何を求めるのですか？」

あるいは確認、というものかもしれない。

クリムの言葉に対して、クリスは一つ鼻を鳴らした後に返答するのだった。

「私はもう『陰』で良い。陰は陰らしく、『あの光』の裏側で暗躍するだけで良い。それはきっと、マリンお嬢様のためにもなる。そして――」

微笑み、心にあの少女を思い浮かべて。

「私にとっての幸せは、マリンお嬢様がずっと笑顔でいること、それだけだからな」――と。

自分の願いは、それだけ。

マリン・シンデリウスがこの後の人生で、悲しむことのない未来。少年は心の底から、ただそれだけを願っていた。

「…………ふふっ」

その言葉を聞いて、クリムは思わず笑う。

「本当にあの時、唾をつけておいて正解でした」

――クリスという少年。

その中にある純粋な恋心と、それに反して遠回りで歪んだ愛情表現。背中合わせの二つは、自らを陰と言い張る彼という器で綺麗《きれい》に混ざり合っていた。

魔族にとっては、それが愛おしくてたまらない。

「いいでしょう。では、契約をしましょうか……！」

――ならば、自分はそんな少年を愛そう。

歪みきった心を尊重し、その身に潜む呪いに耐えうる力を与えよう。

クリムはそう考え、クリスのもとへと歩み寄った。少年の額に手をかざしてゆっくりと、人ならざる者の魔力を注ぎ込んでいく。

同時に、こう語って聞かせたのだ。

「貴方には、呪いに抗うに足る力を与えます。その代償として――」

魔族である自身が、何を望むのか。

彼女は嬉《うれ》しそうに口角を吊《つ》り上げて、こう告げた。

「死後、その魂の所有権を貰《もら》い受けましょう」――と。

そうして、クリスは魔族と契約を結んだ。

すべてはマリンのために。

そして、彼女が笑う未来を創るために……。

◆

――すべてを終えて。

ある少年はたしかに、一人の少女へ未来を創ってみせた。

己の命と魂を燃やし尽くしたのだ。ただ『陰』として少女を支え、最期には温もりと、眩《まばゆ》い『光』に看取られて。一介の暗殺者にしては、とても恵まれた終わりだろう。

現在シンデリウス家の庭の隅には、小さな墓があった。そして、それを囲んでマリンとクレオ、マキにゴウンといった面子が語り合っている。

クリスという少年が創った道をどう歩くか、話し合っているのだろうか。

「良かったですね。貴方の願いは、たしかに果たされました」

遠く離れた場所から、その様子を眺めたクリムはそう呟《つぶや》いた。

「魔族の力をもってしても、死の呪いからは逃れられない。それでも最期まで、貴方は見事なまでに足掻《あが》いてみせた。――いやはや。一途さもここまできたら、異常です」

そして、そう口にすると呆《あき》れたように肩を竦《すく》める。

クリスという少年の在り方に、彼女なりに賛辞を贈っているのだろう。何故なら、常識の埒外《らちがい》にいる魔族の口から『異常者だ』と、そう言わせたのだから。この上ない褒め言葉であることは、間違いなかった。

「ただ、本当に愚かですね……」

だがしかし、それと同時にクリムは少年に向けて『愚か者だ』と、断言する。

「魔族との契約によって呪いを解き、生き永らえる選択もあったはず。どうして、時に人間は己の命を犠牲にしてまで、誰かを守ろうとするのでしょうか……?」

理解に苦しむと云《い》わんばかりに、彼女はため息をついた。

そしてふと、どこかを見て。

「……いつか私にも、分かる日がくるのでしょうか?」

まるで、誰かに問いかけるようにそう言った。

だがクリムの視線を追っても、そこには青い空が広がるばかり。清々しい光景を前にして、一人の女魔族は目を細めた。

おもむろに彼女は中空に手を伸ばし、何かを摑む仕草をする。

「まぁ、良いでしょう。――いずれ、分かることですから」

そう言って開いた手のひらには、小さな光があった。

それは、クリスの魂そのもの。

「今はただ、あの方の指示に従うことにしましょうか」

それをどこかにしまい込み、クリムは姿を消した。


こうして一つの物語が終わる。

だが同時に、何かが動き始めたような瞬間だった……。

巻末書き下ろし２　少し意外な組み合わせで。

シンデリウス家当主、カオンが死んでから数週間が経過した。

それに際してアルナが所属する騎士団は、以前より様々な疑惑や憶測があったカオンの調査を行うと決定。結果として、シンデリウス家の関与していた悪事諸々が日の目を見ることになった。

もっとも、その大半がカオンによる単独の犯行だとされたが……。

「でも、一人でやるには度が過ぎている……」

アルナはその見方に違和感があった。

何故ならカオンが一人でやったにしては、大掛かりなものが多すぎたから。例えば呪術一つを取ってみても、あれだけの暗殺部隊を掌握するには、相当な力が必要になってくる。その点で、どう見繕ってもカオンは力不足だろう、と思われたのだ。

「……と、なれば。誰か協力者がいるはず。だったら――」

独自でも良い。

少年騎士はそう考えて、行動を開始する。

「直接調べるのが手っ取り早い、ってことだな」

その日、アルナは久々の休暇だった。

しかし気になることがあっては、ゆっくり休むことができない性分。そんなわけだから、彼の足は自然とシンデリウス家へと向いていた。マリンには事前の承諾を得ていないが、そこは学園時代からの仲。堅苦しい話はなし、と考えていた。


そんなアポなし訪問。

その結果、ある事件が起こるのだった。


「……ん、誰かいるのか？」

呼び鈴を鳴らすと、なにやらシンデリウス家の中から物音がする。

使用人でもいるのだろうか。しかし今、この家には騎士団の調査が入ったことで、多くの勤め人が不在のはずだった。それを知るアルナは、首を傾げてしばし待つ。

すると、家の中から現れたのは……。


「あん……？　誰だ、テメェ」

顔に傷を持つ、筋骨隆々な大男——ゴウンだった。

昼寝でもしていたのだろうか。彼は大欠伸をして目を擦りながら、玄関先に立つ少年騎士をジッと見下ろした。

「…………」

「…………」

互いに、無言の時間が続く。

しかしついに我慢ができなくなったのか、アルナはこうツッコミを入れるのだった。

「いや、アンタが誰だよ⁉」——と。

これは、想定外の事態から出会った二人の話。

◆

「なるほど、お前さんはマリンの学園時代の友人だったのか」

「そんでもってアンタは、あいつの伯父だ、と……」

ひとまずリビングに通されたアルナは、そこにあったソファーに腰かける。

ゴウンとは歩きながら、最低限の情報共有をした。だが依然として、少年は彼に疑いの目を向けている。何故ならマリンに伯父がいたという話、まったくの初耳だったからだ。

大男曰《いわ》く、かなり昔にシンデリウス家を廃嫡された、とのことだが。アルナにとっては寝耳に水な話であるのは間違いなく、とにもかくにも半信半疑であった。

「………………」

「どうした？　早く飲まないと冷めるぞ」

やけに手際よくコーヒーを提供された、今でも。

アルナは香ばしい匂いの湯気を立ち昇らせるそれを見ながら、改めてゴウンを見た。そして仕方なし、ゆっくりとコーヒーに口をつける。程よい苦みが口の中に広がった。

喉の奥に軽く流してから、一つため息をついて。

「まぁ、いいか……」

細かいことを考えるのは、やめにした。

見てくれや正体はともかくとして、この男に敵意がないのは明らか。だとすれば、むしろ自分にとって好都合かもしれなかった。

シンデリウス家で起きたことには、訊《き》いておきたいことがある。

そう思って、アルナが口を開いた。

「しかし、マリンの友人ということは――」

その時である。

「お前さんはもしかして、クレオとも友達なのか？」

「クレオ、だって……？」

ゴウンの口から、あの少年の名前が出てきたのは。

アルナは思わず自分の質問を引っ込めて、まじまじと相手の顔を見つめた。するとゴウンは、少年騎士があの少年を知っていると、そう確信したらしい。

「やっぱり、お前さんもクレオの凄さを知っているのか」

「あぁ、よく知ってる。もしかして、オッサンも？」

ゴウンの言葉に、アルナは頷《うなず》いた。

「知っているさ。今やクレオは、この王都の冒険者ギルドの伝説的存在だからな！」

訊《たず》ね返すと相手もまた、一度大きく首を縦に振る。そして――。

「これは先日、ギルドでの話だが……」

どこか楽しげに、ゴウンは語り始めるのだった。

二人にとって共通の話題。

あの規格外の少年が残した逸話を……。

◆

——シンデリウス家の騒動から、しばしの時が流れて。

ゴウンはまたいつものように、冒険者ギルドに顔を出すようになっていた。理由は単純で、自分が過去に行ったことへの罪滅ぼしである。かつてのゴウンはその圧倒的な剛腕をもって、パーティーを恐怖で支配していた。今はもうその面影もないが、ギルドの中には彼を許さない冒険者も多く存在している。

ゴウンも当然、その全員に許してもらえるとは思っていなかった。

それでも、自分は誠意を示し続けなければならない。ゴウンはそう考えて、慈善活動をさせてもらえないかと、ギルドに相談を持ち掛けたのだ。

その結果、どうなったのかというと……。

「えーっと、今日はこの冒険者への戦闘技術指導か」

このように、新人冒険者への技術指南役の仕事が割り振られていた。

当然の話なのだが、冒険者とは常に死と隣り合わせの職業である。そのため今も昔も、新人冒険者たちが命を落とすケースは数多く報告されていた。冒険者の命を預かるギルドにとっては由々しき問題であるが、しかしすべての新人に同じケアを施す余裕もない。

だからゴウンのようなベテランが、率先して新人指導に当たるのはありがたい話だったのだ。

もっとも罪滅ぼしがしたい本人としては、これで良いのか、という感じではあるが。とにもかくにも、預かった仕事には全力を尽くすべきだろう。

そう考えて、今日の相手のもとへ向かった。だが、しかし――。

「うーむ。どうしたものか……」

ゴウンは想定外の事態に遭遇し、思わず頰を掻《か》いてしまう。というのも、今回の指導相手はみな一様に冒険者を舐《な》めているとと、そう言わざるを得なかったからだ。

全員が、冒険者稼業で命を落とす可能性を低く見ている。

「はぁ？　テメェみたいなオッサンに、俺たちが負けるわけねぇし？」

「ドラゴンでもなんでも、楽勝だっての！」

「なに？　オッサン、キレてんの？」

「…………」

口々に軽いことを言って、指導もまともに受けようとしない。

そんな彼らを前にしてゴウンは、どのように説明をしたものか悩んでいた。以前の自分なら力で制圧していたに違いない。だが今は、それを封印しているのだ。

ここで怒りに身を任せて手を出せば、またあの日々に逆戻りしてしまう。

そう思って、彼は何も言い返せなくなっていた。

「あー、マジでだりぃ」

「こんなオッサン放っておいて、ドラゴン討伐に行こうぜ？」

「クエスト受けなくても良いから、勝手にダンジョン潜っちまおう！」

そうこうしているうちに、新人冒険者たちはゴウンの忠告を無視してダンジョンへ向かおうとする。そんな彼らを呼び止めようとした。

その時である。

「……お兄さんたち、もし良かったらボクと手合わせしてもらえませんか？」

彼らの前に立ちふさがるようにして、クレオが現れたのは。

「あん？　なんだ、このガキ……」

「どけよ、でないと――」

――怪我をさせるぞ、と。

冒険者の一人が、クレオの肩に手を置いた瞬間だった。

「うわあああああっ⁉」

彼の視界が一気に反転し、床にその身を強《したた》か打ち付けることになったのは。他二人の新人冒険者は、いったい何が起きたのか分からないまま。

しかし、クレオは決してその手を緩めなかった。

「ちょっとだけ、痛いですよ――っと！」

そう言うと、軽い手さばきで男たちを床に転がしていく。

腰や背中を痛めた彼らは、苦悶《くもん》の表情でその身を起こすのだった。

「な、何しやがるんだ！　馬鹿野郎⁉」

その中の一人がクレオに喰《く》ってかかる。

だがそこで、少年はこう声を張り上げるのだった。

「馬鹿なのは、貴方たちです‼」

そして、一人の胸倉を摑《つか》む。

クレオの顔には、ハッキリとした怒りが浮かんでいた。普段はあまり見せないその表情にゴウンもまた驚き、目を見張る。さらに言えば、クレオの迫力は凄まじかった。

まったく鍛錬を積んでいない人間ならば、それだけで震え上がってしまうほどに。

当然ながら、新人冒険者たちの顔色は一気に青ざめていった。

「ボクにさえ簡単に負けるくせに、ドラゴンを討伐したい？　そんなことをすれば、間違いなく命を落とすのが分からないんですか！　ゴウンさんが何のために、戦闘技術を教えてくれているのか分からないなら――」

そこに畳みかけるようにして。

クレオは最後に、まるで突き放すようにこう告げるのだった。

「今すぐ、冒険者を辞めてください!!」――と。

◆

男たちが冒険者ギルド退会の手続きを終えた。

尻尾を巻くようにして逃げていった彼らを見送って、クレオは一つ息をつく。そして、ゆっくりゴウンの方を振り返ってから言うのだった。

「すみません、ゴウンさん。お仕事の邪魔をしてしまって……」

苦笑いを浮かべ、頬を掻きながら。

「あぁ、いや……」

むしろ感謝したいゴウンだったが、これが正しい対応だったのか、と迷いが生じて言葉に詰まってしまった。そんな彼の気持ちを察してか、クレオは自嘲気味にこう続ける。

「実は途中から話を聞いていて、最後に我慢できなくなっちゃいました」

そして、また一つ謝罪の言葉を口にした。

しかしゴウンも、ようやくそこで首を左右に振る。

「いや、感謝している。俺様だけだったら、きっとアイツらを死なせていたからな……」

今度は彼の方が、自嘲気味に笑って頬を掻いた。

クレオはそんな相手のことを見て、静かに深呼吸をしてから話し始める。


「ゴウンさん、とても優しくなったんですね」――と。


彼の言葉を聞いて、ふとゴウンの中には違和感が生まれた。

そして、すぐに――。

「いいや。俺様は甘ったれただけだ」

そう、クレオの言葉を否定したのだった。

ゴウンはその時に、自分の考えが誤っていたことに気付く。そもそもとして、自分は誰のために
この仕事を引き受けていたのだろうか、と。

謝罪の気持ちを示し続けたい。それ自体はきっと、間違いではなかった。

問題はその中にある自分の心だ、と。

「あぁ、俺様は本当に馬鹿だな……」

いまの男たちについても同じ。

最初に考えたのは、自らの保身だった。

「俺様は優しいわけじゃない。ただ、怖がっているだけだ」

過去の自分の影から、ただただ目を背け続けている。

そんな人間が、目の前の相手と真正面に向き合えるはずがなかった。そのことに気付いて、ゴウンはどうにも自分が馬鹿らしく思えてしまう。

しかし、クレオはそんな彼に対して言うのだった。

「いえ。それに気付けたのなら、きっとゴウンさんは前に進めていますよ！」――と。

一点の曇りなき笑顔で。

それを受けて、ゴウンは息を呑《の》む。そして、

「へっ……ありがとな」

どこか照れくさそうに、感謝の言葉を口にするのだった。

◆

「クレオは本当の意味で、人としての強さを持っている。相手の気持ちを考えて、その時に必要な言葉をかけるだけの精神的な力――芯があるんだ」

一通りを話し終えて、ゴウンは自分の分のコーヒーを飲み干す。

そして、目の前にいるアルナに言った。


「まだ出会って間もないが、俺様は心の底からクレオを『尊敬』している」――と。


人として、自分より何倍も優れた相手だ、と。

ゴウンの言葉に、アルナもまたコーヒーを飲み干して頷いた。

「……あぁ、分かるさ。クレオのことが嫌いな奴なんていない。それはきっと、アイツと接したことがある人間なら、全員が頷くだろうさ」

そしてハッキリと、同意してみせる。

「もっとも本人は、相も変わらず無自覚なんだろうけど、な」

「ははは、違いねぇ！」

アルナの言葉にゴウンは笑った。

どうやらこの二人、案外ウマが合うらしい。というのも、クレオという人物に対して同様の意見を持ち、各々に彼のことを『尊敬』しているためだろう、と思われた。

そういった共通点があるからか、ゴウンとアルナの話はとかく盛り上がる。

クレオの戦闘能力や状況判断能力、さらには細やかな人間的魅力など。彼らはいつの間にか、ずいぶんと熱の入った議論を交わしていた。

そして、最後には――。

「ゴウンのオッサン！　アンタ、なかなか面白いな‼」

「テメェこそ、話が分かるじゃねぇか‼」

がっしりと握手を交わして、満足げに笑顔を浮かべるのだった。

なにやら暑苦しい空間が広がっており、他の誰も寄せ付けない空気を放っている。そんな二人の時間は、あっという間に過ぎていくのだった……。

◆

「………なんですの。アレは」

――と、そんな様子を扉の隙間から見ている少女がいた。

その少女ことマリンは隣にマキを従えて、半開きになった扉から伯父と友人の会話に聞き耳を立てる。すると無意識のうち、その顔には苦笑が浮かんでしまっていた。

男同士が力強く握手を交わし、豪快に笑い合っている。

暑苦しい。とかく、暑苦しかった。

「マリンさん、どうしたのです……？」

「い、いえ。なんでもないですわ……」

その様子にゲンナリしていると、傍らのマキが小首を傾げて見上げてくる。

マリンはあの二人を見ていない妹に、ぎこちなく笑って答えた。

「ひとまず、買ってきた荷物を運びましょうか。――マキ」

「……ん？　はいです」

そしてマキを促して、ひとまずその場を後にする。

ゴウンとアルナの邂逅《かいこう》は、こうして幕を閉じるのであった。

あとがき

初めましての方は初めまして。

そうでない方は、1巻に引き続き2巻も手に取って下さり誠にありがとうございます。日本全国すべての方向に足を向けて寝られないので、三点倒立しながら寝たいと思います。

まぁ、普通の倒立すらもできないのですがね……。

さてさて、それでは早速この2巻の内容に触れていくとしましょうか。あとがきから先に読まれる読者様には、多大なネタバレを含みますので、是非ご購読の上でお付き合いいただけますと幸いです。

今回メインとなるのは、クレオの学友だったマリンの実家——シンデリウス家の問題でした。貴族としての成り立ち故に多くの者から疎まれていた家系であり、同時に1巻で登場したゴウンが育った場所でもあります。作中ではマリンの父であるカオンを含め、彼らの思惑や過去がぶつかり合う展開となります。

しかしそんな諍いの中で、一つの恋心が一人の少女の心を解放しました。

みなさまには命を賭してまで守り、そして救いたい存在があるでしょうか。私も常々考えることがあるのですが、自分の『生まれた意味』というものをどこに置くかは、とても重要なのではないか、と。『人生は何事をもなさぬにはあまりに長いが、何事かをなすにはあまりに短い』という言葉がありますが、まさしくその通りなのではないかな、と。

ある少年は、その人生を一人の少女を救うために費やしました。

それをやり遂げた彼に待っていた結末は、果たして善きものであったのか。作者自身、実はいまだに答えが出ていない部分であったりするのです。

そして、その少年の対極にあったかつての青年の在り方は、なにを映し出すのか。

作者の迷いと思い。その両方が伝われば、それ以上の喜びはございません。

——なぜ、私はまたこんな真面目な話をしているのでしょう?

はい！　相も変わらず柄ではないので、最後に感謝の言葉を！

1巻に引き続き、この『万年2位』は多くの方のご助力があり完成することができました。担当編集様には、御多忙の中真摯に向き合っていただき、イラストレーターのZEN様には文句のつけようのない彩りをいただきました！　そして現在、絶賛連載中のコミカライズを担当いただいております大慈先生にも、この場をお借りして感謝を！

そして何より、この物語に出会ってくださった読者様へ最大の御礼を申し上げます！

また、お会いできる日を楽しみにしております！　——それでは！

二〇二一年　十一月　某日　あざね

Kラノベブックス

万年《まんねん》2位《い》だからと勘当《かんどう》された少年《しょうねん》、無自覚《むじかく》に無双《むそう》する2

あざね

2021年12月24日第1刷発行

発行者　森田浩章
発行所　株式会社 講談社
〒112-8001　東京都文京区音羽2-12-21
電　話　出版　(03)5395-3715
販売　(03)5395-3608
業務　(03)5395-3603
デザイン　ムシカゴグラフィクス
本文データ制作　講談社デジタル製作
印刷所　豊国印刷株式会社
製本所　株式会社フォーネット社

KODANSHA

ISBN978-4-06-526623-6　N.D.C.913　259p　19cm
定価はカバーに表示してあります

ファンレター、作品のご感想をお待ちしています。

あて先　〒112-8001　東京都文京区音羽2-12-21
(株) 講談社　ラノベ文庫編集部 気付
「あざね先生」係
「ZEN先生」係

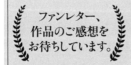